目次

路地の奥　藍川《あいかわ》 京《きょう》　7
熟女サポート　館《たて》 淳一《じゅんいち》　41
ロデオガール　白根《しらね》 翼《つばさ》　79
焔《ほむら》のように　安達《あだち》 瑶《よう》　119
女体とて一個の肉塊にすぎない　森《もり》 奈津子《なつこ》　153

アフターファイブ　和泉麻紀《いずみまき》　191
妹離れ　橘　真児《たちばなしんじ》　227
淫《みだ》ら風薫る　睦月影郎《むつきかげろう》　265
乙女、パンツを買いに――由奈の『摘めない果実』　草凪《くさなぎ》　優《ゆう》　299

路地の奥

藍川　京

著者・藍川《あいかわ》　京《きょう》

熊本県生まれ。一九八九年にデビュー以来、ハードなものから耽美なものまで精力的に取り組む。特に『蜜の狩人』『蜜の狩人―天使と女豹』『蜜泥棒』『ヴァージン』『蜜の誘惑』(いずれも祥伝社文庫)で、読者の圧倒的人気を獲得した。最新刊は『蜜ほのか』

一気に春が近づき、梅が咲いたかと思っていると、あっというまに桜に変わった。しかし、桜も散り、新緑の季節だ。

この季節に合わせ、結季絵《ゆきえ》は浅葱《あさぎ》色の無地の草木染めの着物に、生成《きなり》に近い白い帯を締めていた。帯締めは着物よりわずかに濃い色だ。

いつもの道を一週間も通らないでいると、学校や歩道の樹木の様子は一変している。春は一気に多くの花が咲き出し、ゆったりと観賞している暇《ひま》もない。三椏《みつまた》も山茱萸《さんしゅゆ》も満作《まんさく》も辛夷《こぶし》も木蓮《もくれん》も雪柳《ゆきやなぎ》も、ほんのひとときしか眺めることができなかった。

週に一度のお茶の稽古の日、電車を降りて師の屋敷に着くまでの十五分ほどの道行きが、結季絵の楽しみになっている。

結婚して十年、情報機器関係の企業に勤める夫はいつも多忙で帰宅が遅く、出張も多い。子供もいない結季絵は、高校のときに茶道部だったこともあり、思い出したように一年ほど前から、また稽古を始めた。

刺繍《ししゅう》やビーズ細工の趣味もあるが、マンションでひとりで指先を動かしているより、稽古に出かける方が元気になる。一時期、人と会うのが煩《わずら》わしい気がしたが、今は稽古仲間と会って世間話をするのも楽しい。

七十歳になる師も気さくで堅苦しさがなく、初心者と同じような結季絵も、すぐに打ち解けることができた。

稽古の終わった結季絵は屋敷を出ると、いつも同じ道を引き返す。だが、今日は、ふっと首を曲げた路地の奥に薄紫色のものがちらりと見え、もしかして藤の花ではないかと誘惑に駆られた。

一年間、同じ道ばかり歩いていたが、歩くたびに微妙な景色の移ろいがあり、飽きることはなかった。他の道を歩いてみようとは思わなかった。ほんの数秒前もそうだった。

薄紫に誘われて、結季絵は初めての道を曲がった。小型車も入らないほど細い。

道の右側の角は五階建てのビルの壁で、左側の角は倉庫だ。身長ほどのコンクリートの塀《へい》が続いている。このふたつの建物は、毎週歩いている道にも面しているが、結季絵はこれまでどちらも意識したことはなかった。街路樹や、その根元に植えられた草花に視線がいき、興味のない建物を眺めることはなかった。まして、その建物の間に細い路地があることなど気づかなかった。

ちがう方角から見る建物は結季絵にとっては初めての景色で、路地に入ると旅の途中のような気がした。今まで歩いていた道の空気と、温度も匂いもちがう。

袋小路には個人の家があるだけかもしれない。そう思ったが、引き返そうとは思わなかった。

右手のビルの建物が切れたところに、小さな祠《ほこら》があった。古いもののようだが、誰が供《そな》えたのか、都忘れの花が三輪ずつ、左右の黄ばんだ磁器の花瓶に挿《さ》されていた。祠の場所を避けて次の建物がある。路地に面して建物の出入口はなく、背中を向けている。左側には倉庫の塀が続いていた。

こんなところに祠があるだけでも、やはり表の通りとは異質な空気が流れている気がしてならない。

気になった薄紫色までもう少しだ。けれど、日の当たらない場所に藤の花が咲くだろうかと、ここまで来て疑問が湧いた。

突き当たったところに鳥の子色の吹きつけの塀があり、古い二階建ての家屋があった。塀の角の内側から、藤の花房が覗《のぞ》いている。やはり藤の花だった。鉢植えの藤の花を棚の上にでも飾っているらしい。

家屋の左手にも細い路地があり、そちらが入口になっている。不思議な感じだが、ここは昔からあった建物で、周囲の家屋は整理され、後から倉庫や建物が建ったために、一軒だけ残った建物が、こんな状況になったのかもしれない。

『古着屋　明石《あかし》』と目立たない看板が出ていた。

木製の格子戸は開いており、中を覗くと、玄関の衣桁《いこう》に紫を基調にした着物が掛けてある。

濃い紫ではなく、青紫から薄色にかけての何色かの濃淡による太い縦縞《たてじま》の着物で、藤の花の精でも宿っているようだ。

無機質ではない不思議な感じを受け、結季絵はもっと近くで見たくなった。着物に誘われているような気がした。だが、客でないだけに格子戸はくぐりにくい。

そこに茶鼠《ちゃねず》の着物に褐色《かっしょく》の角帯を貝の口に結んだ五十過ぎと思われる男が、ひょいと顔を出した。

「あれ、お客さんかな？　興味があるなら見ていって下さい。いいものがありますよ。いえ、目の保養だけでもかまいません。春らしい、なかなかいい色のお召《め》し物ですね」

愛想よく声を掛けられ、結季絵は格子戸をくぐった。

二メートル余りの玄関まで石畳になっている。開いた玄関の土間には低い沓脱石《くつぬぎいし》があり、広い式台に紫色の着物を掛けた衣桁が置かれていた。その先の和室に着物や帯が並んでいる。

「これ、いい色でしょう？」

結季絵を迎えた着流しの男は、結季絵を魅了した着物を見つめた。

「古着には意外と掘り出し物が多いですよ。うちでは質のいいものしか扱っていませんし。この着物は大きさもお客さんにちょうどいいような気がしますが、気に入られたのならお召しになってみませんか？」

「いえ……拝見させていただくだけですから」

近くで眺め、いっそう気に入った。できるなら自分のものにしたい。けれど、上等の紬《つむぎ》とわかる。いくらするかわからない。古着を買ったことはないが、五十万、百万してもおかしくない気がする。

太い縞と思っていたが、近くで見ると、その縞の中にも微妙に色がちがう縞が入っている。思わず溜息《ためいき》が出た。

「あなたにはお似合いのようだ。着物というのは、誰が何をお召しになっても似合うというものじゃありません。そりゃあ、欲しいと言われて金を出されたら譲《ゆず》らないわけにはいきませんが、それじゃ、着物が可哀想です。いちばん似合う人に着てもらってこそ、着物も喜ぶし生きるというものです。金なんていつでもいいんです。商売というより、趣味でやってるようなものですし」

趣味と言われると、こんなところで店をやっているのも頷《うなず》ける。路地の入口に古着屋の看板もなかった。ここまで足を運ばないと店があるかどうかもわからない。それ以前に、ここまで来る者などほとんどいないだろう。見方を変えれば、買わせないためにここで店をやっているようにもとれる。

「いい紬ですね……」

「繊細な縞が素晴らしいでしょう? 黒百合《くろゆり》の花をふんだんに使って染めてあるんです。一反《いったん》織るのに、おそらく一万枚以上の花びらが必要でしょうし、二度と手に入らないものかもしれませんよ。これほどのは呉服屋にもなかなか出ませんから」

聞いただけで、ますます手の届かないものに思えてきた。しかし、欲しくなるばかりだ。

「ちょっとお召しになってみませんか。ご自分で大丈夫ですか? 私が着つけしてさしあげてもけっこうです。決して買って下さいとは言いませんから」

男が笑った。

買えなくても、一度でいいから着てみたいと、結季絵はこの着物の魅力に取り憑《つ》かれていた。頭の中で、五十万ならローンで何とかなるだろうかとか、百万なら……と、そんなことまで考えていた。

「ご自分でお召しになりますか?」

「ええ……」

「それなら、こちらの和室でどうぞ。帯も帯締めも、今のもので合いそうですし。慌てずゆっくりと着替えて下さってけっこうです。どうせ、次のお客様はすぐにはいらっしゃらないでしょうし」

この着物を着てみたい……。

これまで出合ったどの着物より魅惑的な色合いと艶《つや》に、結季絵は着ることができるなら、と、動悸《どうき》がするほど興奮した。

「本当によろしいんですか？　もし買えなかったらと思うと……」

「ですから、そんなことはいいんです。いやだと言われても、どうしてもあなたに着てもらいたいぐらいなんですから。外から覗いてらっしゃるあなたを一目見ただけで、この着物があなたを呼んだのだと直感しましたし」

着物が結季絵を呼んだと言われ、はっとした。そうかもしれない。ここに来る路地に気づいたのも、今日が初めてだ。

男がここまで言ってくれるからにはと、結季絵は袖を通す決心がついた。心が弾《はず》んだ。

「どうぞ、お上がり下さい。向こうの部屋でお召し替え下さい」

息苦しくなるほど昂《たか》ぶった。

男が紬を衣桁から外した。

「狭いですが、ごゆっくりお使い下さい」

商品らしい品物の置かれた正面の部屋の襖《ふすま》を開け、六畳間に通された。

鏡台と衣紋《えもん》掛け、乱れ箱、文机《ふづくえ》、行灯《あんどん》、座布団が置かれている。どれもよく手入れされているが、それぞれ古いもののように見える。

部屋の正面には、段差のない形ばかりの狭い板床がある。片隅の竹の花入れに都忘れが挿されており、結季絵は路地の途中の祠の花を思い出した。この男があの花を挿したのかもしれない。

右側は壁になっており、左側には襖がある。続き部屋になっているらしい。

「では、終わったらお声を掛けてください。ゆっくりでかまいませんよ」

男は衣紋掛けに魅惑の紬を掛けて出て行った。

濃淡のある紫色の美しすぎる紬に触れると、また動悸がした。絹の感触だけでなく、紫色の奥へと吸い込まれてしまいそうだ。触れているだけで満ち足りた気分になる。

しばらく時間を忘れていたが、我《われ》に返って帯締めを解いた。男はゆっくりでいいと言っていたが、そう待たせるわけにはいかない。

白い帯を解き、草木染めの浅葱色の着物を脱いで畳み、衣紋掛けの紬を手に取った。こんな素晴らしい着物を着ることができるとは思いもしなかった。

袖を通すと、すぐに鏡に視線をやった。

似合うかもしれない……。

直感し、ますます昂ぶりながら着つけていった。何度も鏡に目がいく。帯を締めるときは、ここが他人の家だということも忘れていた。

帯揚げを整えて眺めると、まるで自分のために誂《あつら》えられた着物のようにぴったりだ。昔から着ていた着物のような気がしてきた。

自分の持っているどの着物よりしっくりとした着心地と奥深い紫色に、結季絵は三面鏡の前で躰《からだ》の向きを微妙に変え、あらゆる角度から眺め、いつしか陶酔していた。

寸法がぴったりというだけでなく、女の持つ妖艶《ようえん》さを引き立たせてくれる着物のような気がする。見れば見るほど、これまで気づかなかった艶めかしさが現れている。

三十七歳になる今まで、燃えるほど激しい恋はしなかったし、夫との十年の生活は平凡だった。金銭的にも困らず、結婚して五年ほどして会社もやめ、それからは自由な時間の中でやってきた。家事は手抜きをせずにやっているので時間はかかるが、昼間から稽古事もでき、共稼ぎをやめている今、金持ちではないが贅沢《ぜいたく》な暮らしの方だろう。

性的に飢えたこともない。結婚して十年にもなると、夫婦の営みは少ないし、短時間に終わってしまい、もの足りないことが多いが、それはそれでよかった。

たまに指が下腹部に伸びて恥ずかしいことをすることもあるが、おそらく女の躰は、排卵日の前後に異性を求めるのかもしれないと思うようになった。夫によって満たされていないことを口にすることができず、自分の指で果てれば、何とか欲求不満も解消できた。他の男に抱かれようと思ったこともない。

それなのに、魅惑の紬を着て鏡を眺めていると、自分が別の女になったような気がしてならない。

躰の内側から妖しい情念が湧き上がり、心も躰も丸ごと愛されたい欲求が深まってくる。

「いかがですか？　お茶でも淹《い》れようと思いますが、まだ早すぎますか？」

襖の向こうから男の声がした。

「着てみました……どうぞ」

どのくらい自分の姿を眺めていただろう。男は気にしていたのかもしれない。時間を忘れていた結季絵は、慌てて襖を開けた。

「おう……やはりお似合いだ」

男が目を細めた。

「大きさはぴったりの気がするんですが……」

「ぴったりですよ。あなたに合わせて仕立てられたように。でも、寸法が合えばいいというものじゃありません。これが似合う人はなかなかいないでしょう。寸法も色も雰囲気も、実にあなたにぴったりです」

社交辞令とは思わなかった。

特別美人でもないが色白なので、洋服より和服が似合うとよく言われる。髪を上げていると襟足《えりあし》がきれいだとも言われる。

着物で毎日を過ごしているわけではないが、今は週に一度、茶道の日に着物を着るようにしているし、帯を締めても窮屈には感じない。むしろ、着物の方が落ち着く。そして、今着ている紬は躰の一部のような気がしている。

黒百合の花をふんだんに使った染料でできている着物だけに、黒百合の命が宿っているのだろうか。妖《あや》しい花が結季絵を繰《あやつ》っているのだろうか。

欲しくてならない。この着物だけでなく、異性も……。

疼《うず》いていた躰が、男を見ると発情しているように、いっそう熱くなった。

「こちらにお茶をお持ちしましょう」

「でも……」

この着物が欲しい。けれど、高価なものとわかるだけに買えるとも思えない。気遣われると困る。

「お買い求め下さいなどとは申しません。あまりにお似合いなので、しばらくそのままでいてほしいんです。おいやじゃないでしょう?」

脱ぎたくないだけに、そう言ってもらえると、男の言葉に甘えたくなる。

「長く着ていると皺《しわ》が寄ってしまいます。それに、汗ばんでも……」

体温が上昇しているようで怖《こわ》い。

「すぐにお茶をお持ちします。着物のことはお気遣いなく、自由になさって下さい。あなたに着ていただけて着物が喜んでいます」

男は背を向けた。

後で強引に押しつける男のようには見えない。けれど、帯を締めた以上、皺を伸ばさなければ売り物にはならないはずだ。着物に魅せられていながら、自分のものではないことへの不安があった。

それでも、袖を通してみようと思ったのも、着てみないかと勧められてこの部屋に入ったのも、言葉では表せない着物の魅惑に取り憑かれたからだ。

早々に脱がなければならないという意識もあるが、このままでいたいという誘惑の方が強い。

欲しい。そして、そんなことを考えるより、疼く躰への意識が強くなる。

欲しい。欲しい。欲しい……。

今の淫《みだ》らな感情に比べれば、夫に満たされずに自分の指で慰めるときの欲求など微々たるものに思えてくる。

熱い。総身が熱い。

そして、下腹部が疼く。肉のマメがトクトクと脈打っているようで、立っていると自然に腰がくねる。

鏡を見ると、いつもより紅くぬめついている唇が映っている。ついさっきよりいちだんと妖艶になっている気がして、結季絵は目を凝らした。

浅葱色の無地の草木染めを着ていたときの自分とちがう。稽古事をしていたときの静かな女から、男を誘っているような色っぽい雰囲気の女に変わっている。色気というより、欲情しているようなまなざしだ。

鏡がおかしいのかもしれないと近づき、頬をそっと撫でた。唇を指先でなぞった。自分の顔だ。確かめるまでもなく鏡に映っているのは自分のはずだ。それなのに、自分ではないような気がする。

肉のマメは激しく疼いてくるばかりで、指が下腹部に伸びてしまいそうだ。

正座してみた。けれど、じっとしていることができず、躰がくねった。

乾いた足音がし、男が黒塗りの盆にお茶と干菓子を載せてきた。

「ますます着物がしっくりしてきましたね。それは、着れば着るほど躰に馴染んでくるんです。恐ろしいほど艶《つや》っぽいですよ」

男は盆を置き、茶を差し出すと、満足げに結季絵を見つめた。

「帯もよく合っていますね。さあ、お茶をどうぞ」

喉が渇いていたのに気づいた。

結季絵はお茶を飲み、喉の渇きを潤した。けれど、それに反比例するように、肉の渇きは酷《ひど》くなるばかりだ。

茶鼠の着物は男によく似合う。

夫は着物など持っていない。結季絵の知る限り、知り合いの男で着物を着る者はいない。こうしてさらりと着こなした男を見ていると、今日初めて会った男というのに、不思議と思慕の情が湧いてくる。

もしかして、ちがう時代に、こうしてふたりして向き合っていたのではないか。ふたりは他人ではなかったのではないか……。

疼いてくるばかりの躰をこの男に癒《いや》して欲しいと、いつもの結季絵なら決して考えないことを脳裏に浮かべた。

「その着物を着ると、躰の一部のように感じませんか？　染料の黒百合が新しい命となって息をしているんです。黒百合の息吹があなたの躰に入り込んで、一体になっているんです」

男の言葉や声まで肉感的に入り込んでくる。男の言葉がすんなりと受け入れられる。

「その着物をお召しになってから、一段と美しくなられました。どんな女性にも負けない艶《なま》めかしさがあります。すべての男が欲情せずにはいられないでしょう」

いつもなら不安になるような言葉に、今は逆に安堵《あんど》した。けれど、すべての男がということは、この主《あるじ》もだろうかと気になった。

「ご主人も……？」

そう言って、結季絵はコクッと喉を鳴らした。

「もちろんです。着物の下の甘やかな匂いが部屋中に満ちてきて、まるで上質の伽羅《きゃら》でも焚《た》いているようで、じっとしているだけで酔ってしまいます」

「何か匂いますか……？」

結季絵は慌てて息を吸った。

「男を誘惑するフェロモンを出されているんですよ。黒百合といっしょになって」

結季絵は、男の方こそ女を魅惑するフェロモンを出していると言いたかった。

抱かれたい。そして、淫らなことをしてほしい。

千年も耐えてきたような肉の渇き……。

そんな気がするほど総身が疼いていた。

「あなたの濡れた唇が何を言いたいか、私にはわかります」

結季絵は目を伏せた。

「こちらへ」

男が左の襖を開けた。

そう広くはない部屋に夜具が用意されている。

「さあ、こちらへ」

男に手を取られ、結季絵は立ち上がった。

欲しい。欲しい。欲しい……。

この店に来るまでとは別人の躰になっている結季絵は、男に肉の火照《ほて》りを鎮《しず》めてもらいたいとしか思わなかった。

夜具の横で男が結季絵を抱き寄せ、立ったまま唇を塞《ふさ》いだ。舌が入り込んでくると、結季絵はその舌に自分の舌を絡め、男の唾液をむさぼった。

男の舌は巧みに動き、それだけで全身を舐めまわされているような錯覚に陥った。鼻から湿った喘《あえ》ぎが洩《も》れた。

舌を絡ませている間に、男の手が帯締めを解いた。乾いた音とともにお太鼓が落ちた。帯揚げも解かれ、舌を絡めている間に、帯が躰を離れて足元に落ちた。

男の手が懐《ふところ》に入り、肌襦袢《はだじゅばん》の下の左の乳房を、直にねっとりと揉みほぐしはじめた。

「んふ……」

唇を合わせたまま、絶えず切ない喘ぎが洩れた。

男の掌は女のふくらみを溶かすようにやわやわと動き続けていたが、そのうち、乳首をそっと抓《つま》んでは揉みほぐした。

「んん……くっ」

口づけだけで神経が過敏になっている。その上、乳首だけを責められると、疼きが下腹部へと駆け抜けていく。指先や髪の付け根もそそけだち、ゾクゾクした。

結季絵は激しく舌を絡めて唾液を貪《むさぼ》り、気を紛らわそうとした。それでも、疼きは増すばかりだ。

「熱い……」

結季絵は顔を離して男に訴えた。

男は結季絵の胸元に両手を入れると、長襦袢や肌襦袢ごと着物の胸元をグイと大きく割り開いた。細い肩先だけでなく、形のいいふたつの乳房もまろび出た。

男は、すでにしこり立っている乳首を口に含んだ。

「んんっ……」

結季絵はくずおれそうになったが、男の左手がしっかりと腰を支えていた。

舌先で焦《じ》らすように乳首をチロチロと舐められた後、唇の先で軽く、ちゅるりと吸われたりすると、火照っている躰がなおさらジンジンとし、早く淫《みだ》らの限りを尽くしてほしいと思うだけになった。

立っているのが辛い。男の手で支えられていなければ、とうに倒れている。

「欲しい……」

夫にさえ言ったことがない言葉を、結季絵は口にしていた。

男は結季絵を布団に横たえた。

寄り添うように横になり、結季絵の唇を塞いだ男は、筍《たけのこ》の皮を剝《は》ぐように着物、長襦袢、湯文字と裾を捲り上げていき、太腿《ふともも》を這《は》うようにして秘密の花園に指先を近づけていった。

「着物が……」

一刻も早く恥ずかしいところに触れて欲しいと思いながらも、貴重で高価な着物を汚してはと、最後の理性が働き、結季絵は掠《かす》れた声で言った。

「もう少しだけ着ていてほしい」

そう言った男の指先が、太腿のあわいに辿《たど》り着いた。

汗で湿《しめ》った漆黒の翳《かげ》りを撫でまわした指は、縦長の窪《くぼ》みを何度も指先で行き来した。隠れた女の器官に触れて欲しいのに、男は翳りを載せたふくらみの上しか滑《すべ》らない。

「あう……もっと」

焦れた結季絵は、腰を浮かせるように突き出した。

男の指が柔肉の合わせ目に沈み、蜜でぬるぬるの花びらに触れた。

「あう……」

結季絵は顎《あご》を突き出して喘いだ。

「こんなに濡れていては、すぐに着物に大きなシミができるでしょうね。ほら」

男は柔肉のあわいから蜜にまみれた指を出すと、結季絵の目の前に突き出した。

びっしょり濡れた指先に、結季絵はいっそう火照った。それだけでも恥ずかしいというのに、男は蜜まみれの指を口に入れた。

「あ……いや」

結季絵は顔を背けた。

「美味《うま》い……直《じか》に味わってみたい」

男の言葉の意味がわかり、欲情を煽《あお》られ、下腹部の疼きが増した。

伊達《だて》締めを解かれるときも、黒百合で染められた着物を脱がされるときも、結季絵はさりげなく腰をひねったり浮かせたりして、男の行為を手伝った。

高価な着物は衣紋掛けに掛けられたが、黒百合の妖しい命は躰に染みついてしまったのか、結季絵から淫らな欲求が消えることはなかった。

して、して、して。早くして……。

一枚脱がされた分、皮膚が薄くなり、神経が敏感になったような気がする。肉のマメや女壺の中で、何千何万という虫達が蠢《うごめ》いているようだ。

男は長襦袢はそのままに、膕《ひかがみ》をグイと押し上げた。

Mの字になった恥ずかしい両脚に昂ぶり、結季絵は蜜をしたたらせながら胸を喘がせた。

脚は胸に着くまでさらに押し上げられ、空に浮いた白い足袋が揺れた。

胸に着いた膝頭を左右に離されると、漆黒の翳りを載せた合わせ目も開き、女の器官が空気にスッと嬲《なぶ》られた。

「何もしないうちから花びらが真っ赤になってふくらんで、女陰《ほと》のどこもかしこもぬるぬるですよ」

男は恥ずかしい部分に視線を這わせると、頬や瞼《まぶた》をうっすらと染めている結季絵の目を見て唇をゆるめた。

「いや……」

結季絵は口を半開きにしたまま、恥じらいと欲情を秘めた目を男に向けた。

今日初めて知り合った男だ。名前も知らない。会ってさほど経《た》っていない。『古着屋明石』と看板が出ていたが、明石が男の姓だろうか。着流しが似合いすぎる。

もしかして、ここは異次元ではないだろうか。この建物というより、あの路地に入ったときから、他とちがう時間が流れだし、結季絵も別世界の人間になっているのではないだろうか。外の空気と異質だ。

そして、黒百合の花びらで染めた紬も、結季絵が住んでいる世界には存在しない着物ではないだろうか。男も、結季絵の棲《す》む世界とは別の世界に棲んでいるのではないだろうか……。

知り合ったばかりの他の男と、こんなことをしている。かつてないほど欲情している。ここは異質な空間だ。そうでなければ、ここでこんなことをしているはずがない……。

男の視線で恥ずかしいところを犯されながら、結季絵の脳裏にそんなことが過《よ》ぎった。

結季絵の両脚を押し上げたまま、男は顔を秘部に埋め、肉の祠《ほこら》の入口に唇をつけて蜜をすすった。

「くうっ」

反射的に胸を突き出した結季絵は、眉間に深い皺を刻んで喘いだ。

男の生温《なまぬる》い舌が蛇《へび》のように動きだし、花びらや、その脇の肉の溝、聖水口、肉のサヤと、のたりのたりと這っていった。そうかと思えば、蛇の舌先をチロチロと出されているような触れるか触れないほどの微妙なタッチでつつかれ、結季絵は腰をくねらせながら喘ぎ続けた。

これほど心地よい口戯は初めてだ。何をされているかわからない。繊細すぎる動きだ。

「はあああ……いい……気持ちいい」

細い舌が聖水口に入り込もうとする。花壺にも侵入しようとする。そしてまた、女の器官をチロチロと舐めまわしていく。溢《あふ》れた蜜は会陰《えいん》を伝って後ろのすぼまりへと流れ、湯文字のシミを広げていった。

いつまでも女の器官を口で愛されていたい。けれど、同時に、花壺を太いもので貫いてほしい。肉のヒダが疼いている。

これが女の情欲だろうか。これほどの肉の疼きを今まで感じたことがなかった。何もかも忘れて、ただ肉欲に浸りたい。

「入れて……入れて下さい」

ときにはペチョペチョと破廉恥《はれんち》な舐め音がする。法悦を極める寸前の愛撫が続いている。それだけで十分に心地よく、いつまでも続けばいいと思う。しかし、その悦楽とは別に、やはり肉のヒダが疼き、癒されたくてならない。

「ああう……入れて……入れて……入れて」

結季絵はすすり泣くような声で哀願した。

「いいお顔をなさいますね。私のものを入れる前に、いいものをさしあげましょう」

男は鏡台の抽斗《ひきだし》から黒光りしている淫具を取り出した。肉茎の形をしたそれは、夫や、夫と知り合う前の男のものよりわずかに太くて長い。

過去に玩具を使われたことのない結季絵は、その淫らさに荒い息を吐いた。

「こうしているだけでも、いい香りが漂ってくるでしょう？　香木でできているんです。女性のそこに入れて動かせば、香木と蜜の匂いが混ざり合って、この世のものとは思えない香りが漂い出すんです。もちろん、女性によってすべてちがう香りになって。ほら、いい香りでしょう？　入れて差し上げますから、男のものと思って、たっぷりと甘い唾液をつけて下さい」

鼻先に近づいた淫具から、甘やかな香りがした。けれど、今まで嗅《か》いだことのない淫靡《いんび》な香りだ。

淫具は結季絵の半開きのぬめった唇に押し当てられた。

淫具に押され、結季絵の唇が開いた。

「たっぷりと舐めて下さい。男のものと思って。繊細な女の壺に入れるには、このままではなかなか進まないでしょうから。それとも、強引に押し込まれるのをお望みですか？それも刺激があっていいかもしれません」

潤《うるお》いのない淫具を花壺に押し込まれる感触はどんなだろう。男が言うように、それにも惹《ひ》きつけられる。だが、乾いたままでは苦痛があるだろうか。

結季絵は舌を出し、淫具を舐めた。それだけで、今までとちがう香りが漂った。そうやって、秘壺に入れられると同時に、ちがう香りが漂うのだろうか。

男に差し出された淫具の亀頭や側面を、結季絵は卑猥《ひわい》な動きで舐めまわした。

「あなたの美しく淫らな口を見ていると、私のものも舐めまわしてもらいたくなります。一物がこんなにひくついているんです」

男は結季絵の手を取って、着物越しに自分の股間に導いた。

鉄のように硬い。それがかすかに動いた。結季絵は喉を鳴らした。

「私のものを入れる前に、この女の蜜を吸ってきた張り形をたっぷりと食べてもらいましょうか」

唾液にまぶされた淫具を、男は透明な女液でぐっしょりと濡れている秘口に押し当て、ゆっくりと沈めていった。

「んん……ああ……いい」

結季絵は掠れた声を出した。

肉のヒダを押し広げながら、淫猥な異物が押し入っていく。だが、すんなりと底まで進まず、男はねじ込むようにしながら少しずつ沈めていった。

滑らかに進まない感触が刺激になり、強引に辱《はずかし》めを受けているような気持ちになる。それは、結季絵の情欲をいっそう掻き立てた。

自由にして。淫らに犯して……。

そんな気持ちがますますつのった。

抵抗しながらも花壺は奥まで淫具を呑み込んだ。

「太いものをいっぱいに頬張って、丸く口を開けている女陰をご覧なさい」

男は淫具を押し込んだまま、足元の鏡台の角度を変え、淫具を頬張っている秘所が映るようにした。

わずかに頭を上げた結季絵は、鏡を見つめた。

乳房を丸出しにした乱れきった長襦袢……。

剝き出しの下腹部の、白い肌に張りついた黒揚羽のような翳り……。

割れた柔肉のあわいで紅く充血してふくらんだ花びら……。

その花びらが大きく咲き開き、淫具を貪欲に呑み込んでいる。蜜が会陰をしたたり、ご馳走を口にして涎《よだれ》を流しているように見える。

淫猥で恥ずかしい鏡の中の姿に、結季絵は苦しいほど喘いだ。

私じゃない……。私はこんなに淫らじゃない……。

その一方で、もっと恥ずかしいことをして欲しいと思う、もうひとりの自分がいた。

「こうやると、もっといい香りがしてきます。こんなふうに」

男は淫具をゆっくりと引き出し、また沈めていった。

「んんっ……はあああっ……くぅぅ」

肉のヒダをいっぱいに広げて滑っていく淫具の心地よさに、総身が溶けてしまいそうだ。

ゆっくりゆっくりと出し入れされる淫具が、徐々に滑らかに動くようになった。動かされるたびに蜜が汲み出される。

ぐちゅっ、ぬぶっ……。

やがて破廉恥な蜜音が耳に届いた。いつもの結季絵なら羞恥に消え入りたくなるはずが、今は淫らな気持ちを煽られるばかりだ。

今までない香りが部屋中に満ちていく。甘くて猥褻《わいせつ》な香りだ。その妖しい香りが結季絵を淫靡な女にしていくのだろうか。

「この香木と蜜が混ざり合うと、伽羅《きやら》より馥郁《ふくいく》とした香りになるでしょう？　この世に、これ以上、オスの血を滾《たぎ》らせる淫靡な香りはありません。この匂いの中で交われるとは、男冥利に尽きるというものです」

男は執拗に淫具で結季絵を犯したあと、充血した女の器官からそれを抜いた。

「あ……」

結季絵の口から、思わず落胆の声が洩れた。

「こんなに濡れていると、本物の一物のようでしょう？」

男の差し出した淫具はてらてらと濡れ光り、命が宿っているようだ。そこから部屋に満ちているのと同じ香りが漂ってくる。

「美しい女の女陰に入るたびに、この香木は香りを増してくるんです。もうさっきまでとはちがう香木になっています。多くの女の蜜が染み込んで、世界にふたつとない香木になっているんです。これと同じ香りになっている女陰に私のものを入れられるとは、何と幸せなことか。いつまでも生き続けることができる気がしますよ」

男は下穿きを脱ぐと、着物と長襦袢の裾をからげ、結季絵の頭を跨いで腰を落とした。血管の浮き出た肉茎の先から、先走り液が滲《にじ》んでいる。

抜かれた淫具のかわりに早く花壷に沈めてほしいと、結季絵は男のものを口に含んだ。肉茎には不快なオスの匂いはなく、口に入れる直前、香木に似た香りが鼻孔に触れた。唇で側面を締めつけ、舌を動かして肉茎を舐めまわした。亀頭や鈴口を執拗《しつよう》になぞった。

男のものを口で愛するのは何年ぶりだろう。すでに夫婦の間では口で互いの器官を愛することはなくなっている。

仰向けになっていると、口戯がやりにくい。その分、男がかすかに腰を浮き沈みさせた。

早くして……早く入れて……。

そんな気持ちで必死に舌を動かした。

「おお……凄い舌だ……全身がゾクゾクする。今度は下の器を味わいたい」

腰を上げた男は躰をずらし、結季絵の秘口に亀頭をつけると、初めての肉ヒダを確かめるように、ゆっくりと腰を沈めていった。

「ああ……いい……こんなの……こんなの初めて」

剛直が沈んでいくだけで、朦朧《もうろう》とするほど気持ちがよかった。

結季絵は奥まで剛棒が沈んだのを知ると、さらに深くまで受け入れようと、腰をクイッと突き出した。

男の浮き沈みに合わせて、結季絵も腰を突き出したり引いたりした。男が女壺の側面をなぞるように腰をまわすと、結季絵も腰をグラインドさせた。密着した部分を、さらに擦りつけるようにして揺すられると、結季絵も腰を左右に振って擦りつけた。男の肉茎と花壺の相性はぴったりだ。

営みのとき、あまり積極的に動かないできた結季絵だったが、今は躰が自然に動き、肉欲を貪っていた。

男の動きは若者のように速くはなく、それだけに、ひとつひとつが丁寧で確実だ。だから結季絵もついていけた。部屋を満たしている妖しい香りも営みに拍車を掛けている。

「いい……こんなの……こんなの初めて」

結季絵は腰を動かしながら、また男に言った。

「あの着物を着た女は惑わされるんです。そして、あの着物を着た女を見た男も惑わされるんです。あの着物と香木は同じ桐箱に入っていたんです」

男はゆっくりと腰をまわしながら言った。

「あう……躰が溶けてしまいそう」

結季絵は外の世界のことを忘れていた。

「ひとりで見るのが惜しいほどきれいな顔だ。こうしているときの自分の顔がどんなに美しいか、ご覧になったことはないでしょう？」

肉茎を抜いた男が汗ばんだ結季絵を起こした。

「鏡に向かって四つん這いになってご覧なさい」

乱れきってはだけた長襦袢のまま、結季絵は鏡台に向かって四肢を突いた。

総身が火照っている。瞼と頬がほんのりと色づき、自分で見ても悩ましい。決して下卑ているとは思わない。それでも淫らで、落ちる寸前の果物のように熟した女に思えた。凄艶な自分の姿に結季絵は酔った。

男が後ろから剛直を突き刺した。

「あう……」

結季絵は顎を突き出して身悶えた。いっそう妖艶な表情になった。

もはや数時間前の自分ではなかった。数時間前の自分に戻りたくもなかった。肉欲に溺れる快感に酔った。

「おお……後ろからもいい……最高の女陰だ」

男の顔も映っている。

なぜか武者を連想した。

ここはどこだろう。この人は誰だろう。私は誰だろう……。

結季絵は背後から肉杭で穿《うが》たれながら、ぼんやりと考えた。けれど、やがてめくるめく悦楽の波に放り込まれ、肉だけの塊になって揺れていた。

熟女サポート

館　淳一

著者・館《たて》　淳一《じゅんいち》
一九四三年北海道生まれ。日大芸術学部放送学科卒業。芸能記者、別荘管理人、フリー編集者を経て、七五年ハードバイオレンス小説『凶獣は闇を撃つ』で衝撃デビュー。すでに単行本は一四〇冊以上を上梓。近著に『蜜と罰』『誘う鏡』などがある。

1

「くうッ、やたらいい天気だな!」

勤務を終え、地下四階から上がってきてエネルギー棟通用口を出た志免野亮《しめのりょう》は、午後二時すぎの強烈な陽光を浴びて、慌《あわ》てて紺色の作業服の胸ポケットからサングラスを出してかけた。

以前はそんなものは必要なかったのに、この麻布《あざぶ》再開発地域に出来た麻布ヒルズで働くようになって半年、どうも陽の光に過敏《かびん》になった。

——亮は重電機メーカー松芝《まつしば》重電工の子会社、松芝テクノパワーの業務部保守特機一課C班のエンジニアだ。

年齢は三十歳、工業高校を出て松芝テクノパワーに入社し、コツコツ真面目に働いてのち、二年前に、都市再開発地域として新たに出現したオフィスビル街、麻布ヒルズという花形職場に配属された。

保守特機一課というのは、首都圏に設置された松芝電工が製作し稼働《かどう》させている自家発電プラントのメンテナンスが任務だ。

自家発電というと、停電に備えてビルや工場が設置している、せいぜい数百キロワット/時といった小規模な発電機を連想するが、麻布ヒルズに設置されているのは、そんなものではない。

松芝重電工が最新技術を投入して開発した自家発電プラントは、都市ガスを燃料としてジェット機のエンジンと同じ構造のタービン発電機を回し、小規模な火力発電所に匹敵《ひってき》する電力を生みだす大規模なものだ。

麻布ヒルズの場合、七台のジェットタービン発電機により五万キロワット/時の発電能力をもつ。

これはちょっとした市街の電力をじゅうぶん賄《まかな》える量で、麻布ヒルズのなかにあるオフィスビル群、ホテル、ショッピングモール、劇場、千戸以上のマンションなどに電力を供給してまだ余裕があり、そのぶんは東京電力に売られている。その排熱も給湯・暖房用の熱湯を沸《わ》かすのに利用されている。

しかし、五万キロワットを超えるような自家発電プラントは巨大な機械装置の集合体で、すさまじい騒音、振動、熱を発する。そのためエネルギー棟は他のビルから隔絶《かくぜつ》された場所に建てられ、ガスタービン発電機は地下三十メートルという深さに設置されている。

麻布ヒルズを訪問する客は――いや、そこで働いているサラリーマンも、自分たちの足元、そんな深いところで発電に従事している人間がいるなど想像もしていないだろう。

そこを職場とする労働者は勤務時間ちゅう、まったく陽光を拝《おが》むことが出来ない。亮のように、いつしか眩《まぶ》しさを感知する機能が狂ってしまうのもやむを得ないことだ。

ともあれ、午後の早い時間に勤務を終えた今の亮は、これからが待機非番となる。遠出はできないが明後日の勤務まで、作業服を脱いで寛《くつろ》げる時間が三十時間以上あるということだ。

(げ、勃《た》ってやがる。疲れマラだなあ。風呂に入ったら思いきりオナニーでもするか)

この会社に入ってからずっと不規則な勤務形態の職場にい続けた結果、亮は三十歳になってもまだ恋人らしい恋人を作れていない。結婚相手を見つけろと言われても、男だけの職場で機械ばかり相手にしてきたメンテナンス・エンジニアは、女の口説《くど》きかたを知らない。

ときどき風俗店で欲望を満たす以外、男ざかりの年代を迎える亮は女の肌に縁がない。

(こうなったらネットの結婚相談所でも申し込んでみようか)

そんな焦《あせ》りさえ覚えながら亮が向ったのは、麻布ヒルズの職場から歩いて五分ほどのところにあるマンション、『麻布レインボーハイツ』だ。その六階の一室を会社が借りている。亮たちの宿舎《麻布ヒルズ特機グループC班宿舎》である。

麻布ヒルズのエネルギーセンターには松芝テクノパワーから常時六人が赴《おもむ》き、別個に六人が非常呼出しに応じられる体制をとっている。そのためにA班からC班まで五人ずつ三つの班が組まれ、総勢十五人が麻布ヒルズ周辺に借りた宿舎をあてがわれているわけだ。

亮のいるC班の宿舎、この六〇一号室は3LDKで全室板張りに改装されている。

玄関ホールを入ってすぐのところのダイニングキッチンはもちろん自炊が出来る。まあ自炊するのは自由時間のほとんどをここで過ごしている、C班の班長で最年長の松井《まつい》という中年男だけだ。亮ら若い班員はたいていコンビニの弁当かファミレス、ラーメン屋などの外食ですませる。

リビングスペースには三十七インチの液晶テレビが置かれ、ソファも置かれている。三つの洋室のうち四畳半の部屋は松井が占領している。彼は簡易ベッドを買い込み、支給されているオフィス用ロッカーの他に、ビニールロッカーや小さな衣装タンスも買い込み、この部屋だけは生活感が溢《あふ》れている。

ベランダに面し、一番広い八畳の洋間は、真ん中に仕切りが設けられ、二人ぶんの寝室に改造されている。勤務歴が松井に次いで長い亮、彼より五歳年長だが勤務歴は二年浅い末次《すえつぐ》という男が使っている。

最後の六畳大の洋間は北側で日当たりが悪い。そこには二段ベッドが入れられ、わりと新入りの後輩二人が寝ている。

ベッドがあるのは松井の部屋だけで、あとはフローリングの床にマットを直《じか》に敷き、その上に貸し布団屋から借りている敷布団を敷いて寝る。家具らしい家具は支給されたスチールロッカーぐらいで、光ケーブル回線に接続されたノートパソコンも床に置き、布団に腹ばいで操作する。

これがC班五人の宿舎での生活なわけだが、松井の四畳半以外、生活臭はほとんどない。

ふつうここに一番長く居座るのは班長だが、それも二年を過ぎるとやがて異動になる。どんなに長くてもこの宿舎に誰かが二年以上暮らすことはないわけだ。

しかも班員のたいていが首都圏に住《す》まいを持つ社員なのだ。非番の日はみなそちらに帰る。亮も小手指《こてさし》に両親が買った一軒家があり、そこに帰って寝る。

つまり宿舎はあくまでも勤務と勤務の間の待機部屋でしかないのだ。班長の松井だけがどこにも行かないのは、彼は二年前、ここに来る直前に離婚し、家を妻に譲《ゆず》り渡したからだ。

独身になってしまえばわざわざ別にアパートを借りる必要もなく、ここが彼の本拠地になった。会社にしても特に支障はないので、次の異動になるまで彼が住み込むことを了解している。

そうなると不思議なもので、他の班員たちは自然に松井のことを「この部屋の主」のように思い、彼の生活を乱すことがないように気を遣うようになった。

松井という男は、ひょろりと背が高い、頭のはげ上がった四十がらみの男で、地方の工業大を卒業している。班のなかでは唯一《ゆいいつ》の大学出なので尊敬されている部分もあるが、逆に「大学出て、どうして保守班のエンジニアどまりなんだ」という侮《あなど》りの目で見られることがある。

知識やスキルも高いのに四十代でバツイチの身を宿舎の四畳半の部屋に押し込めているのは、ある意味「負け組」そのものの姿で、若い班員ほど松井を避《さ》ける部分がある。

松井が出世しなかったり妻に離婚されたのにはそれなりの事情があったと思うのだが、班員の誰もが、最低でも一年以上の付きあいだというのに、個人的なことをほとんど知らない。

それは複雑極《きわ》まりない勤務シフトのせいでもある。九時から五時までの日勤の他、準夜勤、深夜勤、早朝勤と、四つのシフトが組み合わされる。

同室の二人は、一人が部屋にいる時はもう一人は勤務しているという「裏と表」の関係にある。しかも五人が使っている部屋に同時に三人がいることは極めて珍しく、一人は必ず非番となって自宅に帰っている。

　ということは、部屋にいる時は誰か一人は必ず眠っているわけで、起きている人間はたとえ待機ちゅうのヒマつぶしをしようとしても、リビングスペースのテレビを点《つ》けることさえ遠慮してしまう。

　だから仲間同士が集まって酒を呑《の》むとか、騒ぐとか、そういうチャンスはめったに無いのだ。ここはあくまでも仮眠するだけ。それが、各自の与えられたスペースに私物が極端に少ない理由でもある。そういうスペースに絵や花を飾る気になれるものではない。

2

　勤務を終えた亮がエレベーターで六階のフロアに上がり、宿舎である六〇一号室に入った。

　部屋は静まり返っている。ダイニングスペースの壁にはホワイトボードが貼《は》り付けてあり、そこには班員全員の勤務シフトが一カ月先まで記されているのだが、それを確かめるまでもなく、自分以外にいるのは松井だけだと分かった。玄関にあったのは松井の安全靴だけだったからだ。

廊下の先が松井の部屋だがドアの向こうからは何の音もしない。彼は準夜勤明けだ。酒好きだから勤務が明けると必ずビールと焼酎《しょうちゅう》を呑んでから寝る。この時間、まだ眠っているのがふつうだ。

自分の部屋で作業服を脱ぎ、ロッカーにしまう。真っ裸になって脱いだ下着を手に浴室へ向い、入り口のところにある洗濯機に下着をほうりこんだ。あまり騒音を立てない機械だが、動かすのは松井が起きてきてからだ。

熱いシャワーを浴びて、また裸にバスタオルを腰に巻いて浴室を出ると、

「あれ」

思わず驚いて声をあげた。リビングに松井が、アンダーシャツにステテコという姿でぼんやり煙草《たばこ》をふかして座っているのを見たからだ。ふつうなら今は熟睡している時間だ。

「どうしたんですか、班長。どっか具合が悪いんですか」

亮が声をかけると、松井は苦笑いしてみせた。

「いや、ちょっとおまえに話があってな。この時間なら他に誰もいないからちょうどいいと思ってさ。パンツ穿《は》いてこいよ。ビールでも飲め」

亮はあわてて自分の部屋に行き、洗ったトランクスを穿き、Tシャツにジーンズという

格好で戻ってきた。

　松井はダイニングテーブルで亮と差し向いになり、彼のグラスに缶《かん》ビールを注いだ。つまり彼のおごりということで、そういうことは初めてだ。

　この宿舎で酒が好きな人間は、各自、好みのものを冷蔵庫に入れておく。勤務ちゅうはひどく眠くても、どういうものか宿舎に戻って風呂を浴びたりすると、すぐには眠れないものだ。そこをダラダラ起きていると次の勤務に差し障りがあるから、酒が飲める人間は、たとえ朝でも昼でも軽く飲んでから寝る。それを咎《とが》める人間はいない。

「まあ飲めや」

「はあ、頂きます。……ぷはあ、……で、何なんですか、話って」

「人事異動さ。来月に有明《ありあけ》へ行けって内示《ないじ》があってね。統括リーダーだ」

　有明は最新の都市再開発地域で、松芝重電工の最新鋭発電プラントが納入される。統括リーダーというのは班長の上になる。二十人近くの部下を持つ管理職だ。

「それはすごい。おめでとうございます」

「うむ。それでおれの後釜《あとがま》なんだが……」

「はあ」

　ドキッとして亮は口をつぐんだ。

班長が異動になれば班員の誰かが後任となる。勤務歴からいえば亮なのだが、一緒の部屋にいる末次は二歳年長で、技術では亮に劣るが折衝《せっしょう》能力にたけ——つまり口がうまく、課長ら上司に目をかけられている。口下手な亮は、松井の後任に自分がなれるかどうかは微妙なところだと思っていた。

「おまえがよければ、おれはおまえを班長に推《お》す。末次はいま一つ、技術に問題がある。口がうまくても緊急時に適切に対処できなきゃ、班長はつとまらん。しかし、おまえを推《すい》薦《せん》するには一つ条件があるんだ。条件というかなんというか……」

「はあ、なんですか、それ？」

「うむう……。まあ、なんだ、一つだけ後事を託《たく》したいことがあってな、それを受けてくれればすんなりおまえを班長にしてやれる」

てっきり業務上のことかと思って不思議な顔をした亮だ。当然である、班長だからといって班員が知らない特別な任務があるわけではない。松井だって、みんなと同じ分野の同じ業務をこなしている。

「いや、仕事のことじゃなくてな、私生活部分というか、宿舎部分というか……。まあ、智子《ともこ》さんのことなんだ」

「は？」

いきなり女の名前が出てきて亮は面くらった。

「智子……、って誰ですか」

「知らんのか。この部屋の掃除に来てる女のひとがいるだろう。あの人だ。三崎《みさき》智子っていうんだ」

「ああ、あのおばさん……」

三崎智子なる女性はこの部屋を清掃するため、週に三回——月、水、金の昼間、二時間ほどやってくる清掃員だ。

麻布ヒルズのエネルギー棟に詰《つ》めているスタッフの三つの宿舎を清掃するため、会社は清掃会社から清掃員を派遣《はけん》してもらっている。つまり「掃除のおばさん」だ。

亮がこの宿舎に来る前から彼女は出入りしていたらしい。年齢は、たぶん松井と同じぐらいだろうか、亮は考えてみたが、その時になって彼女のイメージさえハッキリ浮かんでこないことに気がついた。

どんな顔なのかも詳しく覚えていない。美人なら記憶に残るはずだから、さして美人ではないはずだ。しかし醜《みにく》ければやはり記憶に残るはずで、どちらでもないということは、ごくふつうの顔立ちということになる。

体形も、お仕着せの上っ張りの下はどうなっていたのか、それも記憶にない。瘦《や》せてもいないし太ってもいなかったのだろう。

それも当然である。週に三回来ると言っても昼間二時間では、顔を合わせる機会は少ない。勤務中か寝てるか非番かなのだ。終日待機の日が彼女の勤務と重なった時ぐらいしか「おばさん」の姿を見ることがない。

彼女の役割は共有部分、つまりＤＬＫやバストイレ、洗濯機置場などの清掃だ。基本的に班員の個室には入らない。

彼女は合鍵を持ってやって来る。床に軽く掃除機をかけ、家具の埃《ほこり》を払い、水回りや汚れた食器類を洗い、窓が汚れていれば拭き、みんなが適当に集めておいたゴミの類《たぐい》を仕分けしてゴミ置場まで運んで帰ってゆく。

その間にたまたま亮と顔を合わせても、小声で「失礼します」と言うぐらいで、自分から声をかけて何かを言うことはほとんど無かった。

彼女の顔も体形もほとんど記憶にないのは、女性であっても亮の関心を惹《ひ》くような、つまりは性的魅力を感じさせる相手ではなかったからだ。

自分よりずっと年上で、いつも清掃作業員の上っ張りを着て、頭には埃よけのスカーフをかぶっている「掃除のおばさん」を誘惑しようと考える男は、亮の年代ではいないだろう。ただ彼女は、班長であり、この宿舎に住み着いている「主」のような存在の松井とは比較的口をきく機会が多いようだった。

ある時、松井が彼女のことを「智子さん」と呼ぶのが耳に入った。

(名前で呼ぶなんて、なんか馴《な》れ馴れしいな)と、一瞬思った記憶がある。少なくとも下の名前だけはその時、耳に入ったのだ。

「あのおばさんがどうかしたんですか?」

亮が不思議そうな顔をして問い返すと、松井は奇妙に何か、言葉を言いだしかねるような表情になった。つまり亮が三崎智子のことを何とも思ってないことを痛感させられたからだろう。

「うー、実はな……、志免野、あの智子さんはだな……」

そこでちょっと言いよどんだ松井に、

「おれと寝てるんだ」

そう言われた時は文字どおりのけぞる思いだった。

「え、寝てる……!?」

冗談でも言ってるのかと思った亮が、笑おうかどうしようかと迷っている時、松井がやおらダイニングテーブルの上に置いてあった自分の携帯を取り上げ、操作し始めた。

「まあ、これを見てくれ」

液晶画面に表示されたカラー画像を見て、亮は目を疑った。

女性のヌード写真が映っていたからだ。

白いシーツだけのベッドの上で仰臥《ぎょうが》している。場所はラブホテルらしい。

下着一枚の裸女だ。着けているのは黒いレースのパンティ。カメラ——たぶん携帯に付属しているデジカメは、彼女の足先のほう、やや高い位置から眺めおろす角度で全身を捉《とら》えている。

ベッドサイドのランプの明りだけで写しているので、陰翳《いんえい》が強調されて、白い肌は眩《まぶ》しく輝いている。

彼女は片腕をあげて顔を隠し、もう一方の手で胸の隆起を隠している。

肉づきはいい。豊満と言っていいぐらいだ。しかし醜い贅肉《ぜいにく》がついているわけではない。熟しきって一番の食べどきを迎えた果実のような瑞々《みずみず》しさ。むっちりした肌のどこにもたるみがなく、線も崩れてはいない。

「う……、これが……？」

松井がわざわざ見せたからには、それが「寝た」という相手、三崎智子だろうと見当はつく。しかし亮は信じかねた。顔は写っていないし、全身から匂いたつ女のエロティシズムに圧倒されたからだ。

あの清掃作業員の上っ張りを着た、限りなく地味な「おばさん」のイメージは、そのセミヌード画像から少しも感じられない。

（うう、感じさせてくれるじゃないか……）

いや、そのヌードはストレートに亮の欲望を刺激して、彼の股間にある器官をたちまち充血させてくれた。

黒いレースのパンティは、股布の部分だけが不透明で、あとは素肌を透かせてくれている。だから悩ましく隆起している女性特有の丘を覆いつくすように、秘毛が濃密に繁茂《はんも》している様相がすっかり観察できる。

そしてぴったりとつけた腿の、青い静脈を透かせて磁器のような透明さ、逞《たくま》しさを感じさせるような太腿。全体に熟女の健康なエロティシズムがむんむんと匂い立つ、官能的なヌード。

「これが……？」

半信半疑の亮に、年長の男は頷《うなず》いてみせた。

「そうだ。智子さんだ。おまえに見せるために、彼女もＯＫして撮影した」

どうしたって三十代の半ばぐらいにしか思えない健康で瑞々しい肉体が、間違いなく三崎智子のものであることにも驚かされたが、最後につけ加えられた言葉は、さらに亮を驚かせた。

「おれに見せるため……？　どういうことですか？」

これまでまったく関心を抱いたこともない掃除のおばさんなのである。その彼女と松井が寝ていても、それはそれでいい。しかし何故自分がそこに絡《から》んでくるのか。

松井は携帯を閉じてから、もう一本、缶ビールを取りだし、二つのグラスになみなみと注いだ。

「話せば長いことで、おれがおまえを班長に推薦するためには、ぜひ聞いてもらわないとならんことなんだ」

3

二年前の春、松井はC班の班長としてこの宿舎にやってきた。当時の彼は離婚したばかりで、その原因は彼の浮気にあった。

こうなると妻の側が圧倒的に有利で、子供をとった上、慰謝料として多額の金を要求してきた。結局、松井は家を譲り渡す形で離婚し、この宿舎に住み込む形になった。

そうなると清掃に来る中年女性と顔を合わせる機会が増えた。

勤務シフトの関係で、松井ひとりが起きて一人でいる時に彼女がやって来る、ということが多く、向こうも彼が班長だと知ると「これは捨ててもいいんでしょうか」とか「班長さんの部屋も掃除機かけましょうか」などと言ってくるようになり、自然に親密になったのは不思議でもなんでもない。

最初は松井も、智子のことは「掃除のおばさん」としてしか認識しなかったのだが、ある非番の日、ぶらぶら歩いて麻布十番《あざぶじゅうばん》という商店街まで日用品の買い物に行った時、スーパーの中で「班長さん」と声をかけられた。

振り向くと家庭の主婦らしい買い物カゴを提げた女性が立っている。

「え？」

それがいつも宿舎の掃除にやってくる「掃除のおばさん」と知った時、松井は愕然《がくぜん》としてしまった。普段着ではあるけれど、お仕着せの上っ張りを着てスカーフで髪を覆《おお》い、口数少なに黙々と掃除をして帰ってゆく姿とは、うって変わって、熟女の魅力が全身から輝いていたからだ。松井は亮にその時の衝撃をこう言った。

「なんだか知らんが、体が震えたね。魔法を見たような気がしてさ。二、三日前に見たおばさんが今は十歳も若くなって現れたんだから、しばらくは自分の目が信じられなかったよ」

聞けば三崎智子は東麻布に親の家があり、今はそこに中学生の娘と住んでいるのだという。

少し立ち話して、松井は智子の口から、彼女の私生活について幾つかのことを知った。

彼女は一度結婚したのだが、夫がアルコール依存症で、禁酒すると今度はＤＶ——家庭内暴力を振るうようになり、さんざん悩まされたあとに離婚した。

両親は年金生活だし、財産がそんなにあるわけでもない。住んでいる家は借地に建っているから資産家というわけでもない。別れた夫は慰謝料《いしゃりょう》も娘の養育費も踏み倒して音信不通になったため、智子はやむなく生計のためにパートの職を探した。

ようやく見つかったのが企業や施設に清掃作業員を派遣している人材派遣会社だった。当時は小学生の子供もおり、両親も病気がちということで、勤務時間は朝十時から午後二時ぐらいまで、勤務地は家からあまり遠くないところを希望すると、麻布ヒルズ周辺にある三つの宿舎の清掃を割り当てられた。

Ａ班からＣ班まで、みなマンションの３ＬＤＫで、その三戸をそれぞれ週に三回清掃するのが仕事だ。一人でもラクにこなせるし、ほとんど家事の延長のようなことだ。

誰からも評価されることが少ない仕事を、ほぼ一年、黙々とこなしてきたのだと聞いて、松井には智子に同情する感情が湧いた。

その感情が男の欲望を揺り動かすようになるまで、時間はかからなかった。

ひとたび、野暮《やぼ》ったいお仕着せの上っ張りの下に魅力的な肉体が隠されていることを知ると、次に宿舎で会った時、どうしても内側を想像してしまう。するとこれまで感じたことのなかった女の体臭が鼻腔を刺激するようで、同じ部屋にいるだけで寝起きの松井は勃起してしまった。

これまでまじまじと顔を見つめたことはなかったが、見れば美人ではないが、不美人でもない。ちょっと鼻が低く、丸っこい顔立ちだが、笑うと人なつきが良さそうだし、何より邪心《じゃしん》が見えないのが好感を抱かせる。

年齢は松井より一つ若い四十一。松井が男盛りだとすれば智子は女盛りだ。肉の欲望が湧かないはずがない。

(何か機会があれば口説いてみようか)

そんな気持を見抜いたのか、最初にもちかけてきたのは智子のほうだった。

宿舎で顔を合わせた時、「個人的なことで相談したいことがあるんです。非番の時にでも外で少しお話できないかしら」と言われ、恩《おん》を売れるような相談だったら抱けるかもと、下心を抱いて六本木の喫茶店で会った。

開口一番、智子は切りだした。

「班長さん。私を抱いてくれませんか。一回一万円でいいです」

仰天《ぎょうてん》した松井に智子が理由を打ち明けた。

今のパートだと月に手取り十五万円にもならない。子供の教育費が案外かかり、どうしても毎月、二、三万円の赤字になる。かといって時間的な制約から別なアルバイトを見つけるのも難しい。

智子は松井がわりと清潔に暮らしていることを知り好感を抱いた。

離婚してしかもこういう仕事では女遊びもできないだろう。実際、二、三度松井の部屋を掃除してやった時、オナニーの痕跡をいち早く見つけたことで、女の肌に飢えているだろうと見当がついた。

「私も一人前の女ですから、男性に抱かれたいという欲望が無いわけではありません。お金をいただけば私は商売女です。それ以上のことを要求することもありませんし、していただく必要もないのです。気に入らなければ遠慮なく断わって下さって結構です。ドライにビジネスとして割りきってセックスするほうが、どちらも気楽じゃないですか」

松井は納得した。もともと口説こうという気があったのだから抱くことになんの抵抗もない。宿舎で暮らしている間、ほとんど金を使うこともなかったから、毎週一度智子を抱いたとしても、苦になるほどの出費ではない。

「分かった。それじゃ割りきった交際を始めましょう」

問題は場所だった。宿舎にはいつも誰かがいる。彼女を連れこんでセックスすればすぐにバレる。統率《とうそつ》する身としては部下に下半身のことで笑いものにされたくない。

智子があっさり解決した。

「会社の上役がまったく個人的に私にアルバイトを頼んできたのです。実は飯倉《いいくら》にワンルームのマンションを借りていて、関西に住む愛人が上京した時だけ、そこを愛の巣にして楽しんでいるようなのです。その部屋の清掃を私にやってくれないか、というので喜んで引き受けました。彼女が上京することになると前の日に行って掃除し、ベッドやタオル類を整え、冷蔵庫に飲み物や食べ物を入れておきます。帰ったあと、もう一度行って掃除します。それで一回につき一万円もらえるんです。まあ、お小遣い稼ぎですね。その人も安くて悪いと思ってるんでしょう、あんたが誰かと楽しむ時は使っていいよ、と言われてるんです。向こうは冗談で言ったと思ってるでしょうけど、こうなったら使わせてもらおうじゃありませんか」

二人はすぐに飯倉に向かい、そのワンルームマンションで二時間を過ごした。携帯に写っていた部屋はそこだったのだ。

「最初から智子さんには満足させられた。あの人は本来、性感が豊かで、性欲も盛んな体質なんだよ。亭主運が悪かったから今まで十全《じゅうぜん》に楽しめなかった。おれと寝て向こうもたっぷり満足した。それ以来、週に一回ぐらい智子さんを抱いている。ラブホテル代がかからないからと二万円にしようと言ったのだけれど、彼女が固辞《こじ》するので、ワンルームマンションの掃除代ということで五千円をプラスして毎回、一万五千円払ってる。それにしたって安いぞ。本番ＯＫのムチムチ熟女を抱くとなれば三万はかかる」

そこまで打ち明けられて、亮はすべてを理解した。

松井が昇進して宿舎を出てゆけば、智子は彼から得ていた数万円のアルバイト収入を失う。もし亮が後釜になってくれたら、智子としては助かるわけだ。

「もしおれがイヤだと言ったら、班長はおれを推薦するのをやめて末次さんを推すんですか？」

松井は部下の問いにケロリとした顔で答えた。

「それはまあ、末次が智子さんを抱くのをＯＫしたら、当然彼を推すことになるな」

亮は唇を嚙《か》んだ。末次は見るからに脂《あぶら》ぎって精力的に見える。妻がいる身なのにしょっちゅう風俗にも行ってるようだ。彼がこの話を聞いたら即座にＯＫするだろう。

（それは癪《しゃく》だなあ）

考えてみれば智子と寝ることを厭《いと》う理由はないのだ。亮は若い子よりは落ち着いた熟女系が好きだ。それに痩せたタイプより豊満タイプがいい。さっき見せてもらったヌード写真はほどよい豊満体形だ。

年齢が十歳以上離れているが、性欲の捌《は》け口として金で買う女体なのだ。それも一万五千円で。四十一とはいえ、まだまだ魅力的な肉体を持ち、松井の言を信用すれば性感が豊かでセックスを積極的に愉《たの》しもうとするタイプなのだ。援交という形で後腐《あとくさ》れなく抱けるのなら月に数万の出費など安いものだ。

彼にも恋人らしい女性がいたこともある。その時、たとえ恋人でもセックスはタダではない、とシミジミ分からされたことだった。発電プラントを稼働させておくには莫大《ばくだい》な維持費がかかる。女性も同じである。その点、智子という女は維持費を考える必要がないのだ。

亮は頷いた。

「いいですよ。じゃあ智子さんをサポートする役割を引き受けようじゃないですか」

松井は相好《そうごう》を崩した。

「いやあ、それは有難い。これで後顧《こうこ》の憂《うれ》いなくここを去れるというものだ。で、さっそくだが……」

急に真面目な顔になった。

「善は急げだ。智子さんは末次よりはおまえのほうがいい、と言ってる。だから問題はない。これから待機非番なんだろう？　飯倉なら問題ない。さっそく智子さんと愉しんでみたらどうだ？」

「え、そんなに急に……？　いいんですか」

「ああ、午前ちゅうに智子さんが来た時、これからおまえの意向を聞いてみると言ってある。もうB班の清掃を終えて家に帰ってる頃だ。おまえさえよければすぐに飯倉のマンションに駆《か》けつける手筈《てはず》になってる」

さっき見せられた智子のヌード写真が脳裏に甦《よみがえ》った。あの黒いレースのパンティの下には、男を受け入れたがっている濡れた秘裂がある。

「むむ……、いいですよ。こうなったら矢でも鉄砲でも持って来てください」

「そうこなくては。志免野はまだ三十そこそこなんだろう？　一回で二発は軽いな。智子さんは喜ぶ。おれたちはいい加減トシだからな」

松井はすぐに智子の携帯に電話した。相手はすぐ出た。

「もしもし、智子さん？　松井です。いま志免野に話したら、快く承諾してくれました。もちろん、今日これからのこともOKです。はい、うん……、分かりました。では行かせますのでよろしく」

電話を切ってからニタリと笑った。

「驚いたな、あの人はもう飯倉にいる。準備はできてるからいつ来てくれてもいいそうだ。風呂を浴びてすぐ行ってやれや」

――一時間後、亮はタクシーで飯倉に向かい、松井に教えられたマンションに入っていった。ワンルームというから単身者用の中級マンションかと思ったら、かなり豪華な構えの高層マンションだった。宿舎にしてる『麻布レインボーハイツ』とは大違いだ。駐車場にはベンツやジャガーなど高級外車がズラリと駐《と》まっている。

テンキー入力のオートロックを教えられた数字で解除し、エレベーターで二十五階に上がった。二五一八というドアの前に立った時、亮の心臓は激しい動悸《どうき》を打っていた。高校時代、初めてデートした時と同じぐらい、不安と期待で感情が昂《たか》ぶっている。

意を決してチャイムを鳴らした。

ほとんど待つこともなくインタホンが応答した。

「はい？」

ややハスキーな、しっとりと落ち着いた声だ。それだけで男の欲望をそそる熟女の声。

「あの……志免野です」

「はい。待ってね」

数秒してドアが内側から開けられた。

「いらっしゃい。どうぞ」

向かいあった女を見て亮は目を疑った。

そこに立っているのは背丈こそ同じだが、宿舎で見る「掃除のおばさん」と同一人とは思えない、恥じらうような人なつこい笑みを浮かべた、魅力的な熟女だった。

しかも智子は、ネグリジェを纏《まと》っていた。色はチェリーレッド。フリルのいっぱいついた、扇情的なデザインの寝衣はほとんど透明に近く、豊かに盛り上がった乳房の頂点に突き出た乳首がくっきり見えた。下にはやはり赤い色のバタフライショーツを着けていたが、それも蟬《せみ》の羽のように薄く、二枚のナイロンで覆われていても濃密なデルタゾーンの形状はハッキリと見えた。

髪は前髪をおろすようにして、その下からまるい目が彼を見つめている。

(こんな魅力的な顔立ちとは……。美人と言っていいじゃないか。鼻が少し低いだけだ。どうして身の回りにこれほどの女性がいるのに、気がつかなかったんだろう。おれは何を見ていたのか)

亮は誘われるままマンションの中へと入っていった。そこは確かにワンルームだったが、広さとしてはC班宿舎と同じぐらいに感じられた。ベランダに面した窓にはカーテンが引かれ、部屋は暗くされてベッドサイドのランプだけが点《つ》いている。

「なんだか無理をして後釜になってもらったんじゃなきゃいいけど……」

豪華なダブルベッドの縁《ふち》に年下の男を座らせ、自分はぴったり体を寄せて隣に座る。頭がクラクラするような香水の匂い。それは熟女の熱い肌から立ち上る体臭とミックスしてよけい官能的な芳香になって、亮の鼻腔《びこう》を刺激した。

「そ、そんなことはありません。喜んで松井さんの代わりにならせてもらいます」

「それは嬉しいわ。まずは乾杯ね」

手に泡立つ琥珀《こはく》色の液体が満たされたチューリップグラス。なんとシャンパンではないか。いつか見たアメリカの高級娼婦のようだと亮は思った。

「乾杯……って、智子さんのグラスは？」

「志免野さんよ。私に口移しで呑ませてくださいな」

艶然《えんぜん》と笑う熟女の熱い体を抱き寄せ、亮はシャンパンをひと口含むと口紅を濃く塗りこめた、思いがけずふっくらと豊かな唇に自分の唇を押し付けていった――。

年下の、松井よりはずっと若く逞《たくま》しい肉体を持つ男の口から泡立つ美酒を口移しで呑まされる熟女は、そのお返しに甘い唾液を送りこみながら片手を亮の股間へ伸ばしてきた。

そこは灼熱《しゃくねつ》の鉄の塊が膨張しジーンズを押し上げている。

「すごい、こんなになって……」

すばやくジーンズのジッパーをひき下ろし、トランクスの横から柔らかな指を侵入させた智子が、嬉し気な嘆声を洩《も》らした。舌をからめあいながら亮も、商売女しか着けないような赤いネグリジェの前をはだけ、豊かな乳房を剝《む》きだしにしてやった。

(うわ、これはでかい。しかもプリンプリンだ)

鷲摑《わしづか》みにしても亮の手にあまる脂肉の円丘だった。年齢を考えればもっとたるんでいても不思議はないのだが、彼の掌に伝わってくる弾力は、空気がパンパンに充塡《じゅうてん》されたゴムまりのそれだ。

「う、む……」

亮が乳房をこねくり回すように愛撫してやると、熟女の体はカバーをかけたままのベッドの上に仰向けに倒れていった。唇を吸ったままその上に覆いかぶさってゆく亮のジーンズとトランクスをすばやくひき下ろしてくれる智子。いまや猛り狂っている分身は彼女の両手指をからめられ、甘美な刺激を与えられている。

(まるで夢のようだ)

熟れた女体から放たれる芳香に酔いながら亮はネグリジェの裾《すそ》から差し込んだ手で太腿を、臀《しり》を愛撫した。唇が離れるとまるで幼児のように勃起した乳首に吸い付いた。

つい二時間前、勤務から解放された時はオナニーで溜まった欲望を処理することを考え
ていたのが、今はなめらかな肌とふくよかな肉を持つ女体が、彼の前に、あたかも天から
の恵みのようにして在るのだ。
指でバタフライショーツの上から触れてみると、内側から溢れる蜜状の液がナイロンの
布を濡らしているのが感知できた。
（うわ、もうこんなに感じてるのか）
バタフライショーツのリボンを解《ほど》き、女の神聖にして極秘の部分に指を進めると、熱い
液を涎《よだれ》のように吐きだしている裂け目は彼の指を吸い込もうとするかのように蠢《うごめ》く。
（こんなのは初めてだ）
すぐにでも挿入したい彼をじらすかのように、すばやく体の位置を交換した智子が、T
シャツ一枚だけで仰臥《ぎょうが》した亮の股間に顔を伏せてきた。屹立したものがすっぽりと咥《くわ》えこ
まれた。
「あ、う……、すごい、智子さん……ッ」
松井は智子がどれだけ甘美な肉体の持ち主であるか、さらにまた男を歓ばせることに情
熱を傾ける女であるか、それを熱っぽく語ってくれたものだが、その言葉に嘘はなかっ
た。

智子の奉仕は型通りというようなものではなかった。まるで亮の分身器官から特別に麻薬的な成分をもつ栄養素が浸出しているのではないか、どんな風俗女性も与えてくれたことのない快楽を、亮は彼女の唇と舌によって与えられ、文字どおり翻弄《ほんろう》させられた。

高めては鎮《しず》め、鎮めては高められるテクニックで、あわやという限界まで何度も導かれるのだが、まさに寸止めという形で智子はブレーキをかける。それによって亮の体のなかで圧力がぐんぐん高まってゆく。

「うぬう」

クポ、と唇が離れた時、亮は再び位置を交換し、ネグリジェの裾を胸までまくりあげておいて濃密な秘毛の森に凶器と化したような分身器官をあてがった。

その時になってコンドームを装着してないことに気がついたが、

「大丈夫、今は安全……」

熱っぽく囁《ささや》く、とろけた目の熟女に誘《いざな》われるまま、亮は突入した。

ズブと一気に根元まで埋めこむなり、熱い襞肉が締めつけてきた。逃さない、というよりも更に奥まで引き込もうとするような、その部分が独自の意思と情熱を持った生き物のようにからみついて快美極まりない感覚を与えてくれる。

(こんな名器は初めてだ!)

思わず結合部分を見て驚いた、少し展開《ひら》き気味だと思っていた小陰唇がまるで鞘《さや》のようになって彼のピストンを包み込んでいるではないか。

とてもではないが意志でコントロール出来るような現象ではない。小陰唇がまつわりつくことで、ふつうなら抜けてしまうほどに引いても抜けることがない。ストロークが長くなれば力をさらにこめて衝《つ》くことができる。

熟女の下半身を抱えあげ、腿を自分の肩に乗せる体位で深く折り曲げ串刺しにした女体を衝きに衝きまくってやると、

「あうう、死ぬ、死んじゃう！」

あられもないよがり声をあげて智子は暴れまくり、亮はロデオ競技の騎手のように上下に左右に揺さぶられた。明らかに数回の絶頂を極め、彼の下腹に熱い液をビシビシと叩きつけて最後は白目を剝《む》きながら四肢をうち震わせしがみついてくる智子の子宮に、亮は思いきり男の激情を迸《ほとばし》らせて果てた。

――その日の午後、娘の食事の支度をするために帰らねばならぬ熟女は、刻限まで三度、年下の男の精液を浴びた。失神したようなオルガスムスから覚めると、蛇の化身かと思うような艶冶《えんや》な肉体をからめ、唇を使って亮を奮い立たせてくれるのだ。

（松井さん、こんなすごい体を二年も楽しんできたのか。ずるいぞ……）

人目につかぬよう先に送り出された亮は、まだ陽が沈みきらぬ街頭で、白昼夢《はくちゅうむ》を見たのではないかと、しばし疑ったものだ。

4

「今日の班長会議に、志免野も出てくれないか」

亮が松井にそう言われたのは一週間後のことだ。

「どうしてですか。まだおれは辞令をもらっていません」

「この段階で内示がひっくり返ることはない。倉持《くらもち》や海老沢《えびさわ》も早いところおまえと会っておきたいと言ってる」

倉持はA班、海老沢はB班の班長だ。班は違っても職場は同じで、保守、点検、修理の業務を交替でやる仲間だ。顔も気心も知れている。

それでもさしたる疑いも抱かず、亮は仮眠の途中で起きて、エネルギー棟地下三階の、保守要員が待機する部屋へ行った。

小さなデスクを中心に、十人も入ればいっぱいになる会議室に、二人の班長が松井と亮を待っていた。

班長会議は週に一回ここで行なわれる。メンテナンスの問題点、修理工事がある場合はその手順、本社や親会社からの指示について対応のしかたを考え、どの班がどう分担するか、そういうことが議題になる。運転を担当する親会社の人間が加わることもあるが、今日は三人の班長に亮だけだった。

倉持はスキンヘッドでプロレスラーのような容貌《ようぼう》体格。猛々《たけだけ》しい外見だが根は優しい。海老沢は反対に女性的なもの言いと態度の柔和な美男子だが、その実、気が荒くてケンカっぱやい。ただし部下思いで、班員は皆彼を慕《した》っている。

「今度、志免野がC班を率いることになった。よろしく面倒をみてやってくれ」

松井が言い、亮が頭を下げると、まず倉持が祝福の言葉を口にした。

「志免野でよかった。末次になられた日にゃハラハラしてなきゃいかんからな。おまえなら信頼できる」

次に海老沢が発した言葉が、亮を凍《こお》らせた。

「まあ、智子さんもイキのいい若手が班長になって、喜んでるだろう」

「え、それはどういう……!?」

訳が分からないでいる亮の目の前で二人の班長はそれぞれの携帯をとりだし、デジカメの画像を表示させた。

「え、それは……、智子さん」

どちらの画像も智子の魅惑的なヌード写真だった。違ったポーズ、違った姿勢。

松井が言った。

「最初から言うとおまえが素直に反応しないかと思って黙っていたんだが、智子さんをサポートしているのはおれだけじゃない。おれがこの二人を誘ってひき入れたんだ。智子さんはおまえも分かったとおり、セックスに目覚めてすごい感じる体になってる。一人だけでは面倒みきれないと思ってな……。それにこの二人が抱いてくれたほうが智子さんのほうも収入が増える」

倉持が言った。

「松井が同じ班の人間を誘わなかったのは、そのほうが職場の和を保てると思ったからだ。おれもそう思う。班長三人が常に智子さんをサポートするのが一番いい」

海老沢が言った。

「そういうことだから、班長会議はもう一つ重大な議題を抱えてる。智子さんを抱くスケジュールだ」

倉持が言った。

「そうだ。松井の送別会にはあれをやらなきゃ。その件は智子さんも了解している。前からやってもらいたかったらしい」

　ようやく声が出るようになった亮が質問した。

「なんですか、アレって？」

　海老沢が答えた。

「三P、いや、おまえが入るから四Pだ。智子さんを同時に可愛がる」

「同時に？」

　松井がゆっくり頷いた。

「口と前と後の穴を同時に塞《ふさ》いでやる。あの人は輪姦願望も強いんだ。もともとマゾの気質があるんだろうな。DV亭主と別れないでいたのも、そのせいかもしれない」

「そ、そうなんですか……」

　倉持の分厚い手がドンと亮の肩を叩いた。

「あの人は男を歓ばせるために生まれてきたような女性だ。おれたちがいなきゃとっくにホンモノの商売女になっていた。おれたちはそうならないよう、あのひとを守ってる。言ってみれば守護者だ。守護同盟。おまえもその一員としてがんばってくれよな……。さて来月のシフトだが」

　亮は、自分を含めた三人の男に快楽を与えている智子の姿を想像しようとした。そうすると激しい勃起が始まり、狼狽《ろうばい》した——。

ロデオガール

白根　翼

著者・白根《しらね》　翼《つばさ》

一九六三年、秋田県生まれ。コメディーやサスペンスドラマ、人気バラエティ番組を数多く手がける放送作家。「笑いもあって、しかも官能度が高い作品を書いていきたい」と語り、二〇〇六年九月『小説NON』にて「マジックミラー」でデビューした。

昼間の喧騒《けんそう》が嘘のように、深夜のテレビ局の廊下は静まりかえっていた。

エレベーターを降りた潤治《じゅんじ》は、腕時計を見やりながら、会議室に足早に向かっていた。潤治の仕事は、テレビの番組作りに必要な情報を集める「リサーチャー」である。この日は、とある情報番組のリサーチの発注を受けるために、ディレクターから呼び出されていた。

会議室に近づいた潤治の、足が止まった。

〝あぁぁ……〟

室内から、女性の喘《あえ》ぐような声が聞こえてきたではないか。

「もっと腰を動かしてみろ、ほら」

野太い声は、ディレクターの熊田章《くまだあきら》だった。

ずんぐり体型に髭面《ひげづら》。ダブルのスーツを着こなす風体《ふうてい》は、テレビマンというより、〝その筋〟の人だ。高学歴の人間が多い中、様々な職を転々としたあげく、テレビの世界に潜《もぐ》り込んだ、叩《たた》き上げのフリーディレクターである。

噂によれば、熊田はＶＴＲの編集が忙しくて家に帰れない時に、編集室にこっそり出張ヘルス嬢を呼んだとの武勇伝《ぶゆうでん》も聞く。

熊田ならやりかねない……そう思った潤治が、自分が、約束の時間を間違えたのかと不安になり、いったん戻りかけた時だった。

「やっぱり、美香《みか》の体は眺めがいいぜ」

〃美香!? そんなバカな!〃

美香は、一つ年上の、潤治の恋人である。

番組の収録中にスタッフに時間を告げる「タイムキーパー」が仕事だ。徹夜での編集作業にも立ち会う事の多いタイムキーパーがディレクターと深い仲になることは良くあるが……。

〃美香に限って、自分を裏切るはずがない〃

おそるおそるドアの前まで近づくと、今度は複数の男達の下劣《げれつ》な笑い声が聞こえてきた。

「熊田さん、僕らにもやらせて下さいよ」

「いやダメだ。こんないやらしい美香を見るのは初めてだからな」

まさか、輪姦されようとしているのか?

「……あっ……なんか、スゴいわ」

いや、輪姦ではない。美香の声は悲鳴というより、甘美に痺《しび》れている声だ。

頭が混乱してきた。……交際して半年。こんなにもふしだらな女だったとは信じがたい。

美香は、決して美人ではないが、切れ長の一重瞼《ひとえまぶた》が印象的な、凛《りん》とした顔立ちの三十歳。仕事への情熱と、面倒見の良い性格から、男性スタッフには人気がある。

中に入って止めるべきか。しかし、美香とつき合っている事は、スタッフの誰も知らないのだから、熊田は行為を続けるに違いない。毛深い熊田の背中に爪《つめ》を立て、身悶《みもだ》えながら腰をくねらせている美香の姿など見たくはない。

〝俺はどうしたらいいんだ……〟

突然ドアが開き、一人のスタッフが出ていくと、中にいた熊田が怪訝《けげん》そうな顔を見せた。

「よ、潤治。突っ立ってないで早く入れ」

会議室内の様子を目にした潤治は、胸を撫《な》で下ろした。艶《つや》のあるセミロングの黒髪をなびかせながら、「おつかれ〜」と潤治に笑顔を向けた美香が跨《またが》っていたのは、ダイエット器具『ロデオマシーン』である。

電動で上下左右に揺れ動くサドルに跨り、バランスを取ることで腹筋や太腿の筋肉が鍛えられる『ロデオマシーン』は、通販番組などで話題の商品だ。一日三十分ほど、テレビを見ながら跨っているだけで、手軽に筋肉トレーニングできることが人気の理由だ。

熊田は、週末の夜の情報番組『発進！ トクするライフ』で放送されている、ダイエットの企画で、このマシーンを扱おうと考え、一台取り寄せ、試しに美香を乗せたのだった。

「けっこう……いい運動になるわね」

すでに美香の息は上がり、半開きの口からは、はぁはぁと、吐息が漏《も》れだしている。おそらく、通販番組では手軽さをアピールするために、モデルに涼《すず》しい顔をさせていたのだろう。

デニムに包まれたむっちりとした太腿を、大胆にVの字に開いて座っている美香の姿は、お世辞《せじ》にも上品とは言えない。

サドルがうねるように動くたびに、均整《きんせい》の取れたグラマラスな体が悩ましげに揺らめき、豊かな胸が、ゆさゆさと弾《はず》みゆらぐ様が、薄手のセーター越しにも、鮮明《せんめい》に見てとれる。

「あっ」

バランスを崩しそうになった美香が、顔を歪《ゆが》めて大きくのけ反《ぞ》った。

暴れ馬《ロデオ》に乗っているというよりは、男の上に跨り、淫らに腰をわななかせる、騎乗位セックスを容易に連想させた。熊田が言うように、たしかに、いやらしい光景ではある。

「美香、少しは感じてるだろう？」

「ふふふ。ちょっとね。さぁて、街に出て男漁《あさ》りにでも行ってこようっと」

熊田のシモネタをジョークで返し、美香は自分のデスクに戻っていった。セクハラが常識のテレビ界では、このくらいの図太《ずぶと》さがないと生きてはいけないのだ。

祭りのあとの静けさのような会議室で、潤治は、熊田からリサーチの発注を受けた。

一般の女性が、毎週一人ずつ、目標に向かってダイエットに挑戦。見事、達成すると百万円の賞金などが貰えるVTRのコーナーだ。

しかし、視聴率は今ひとつ伸び悩んでいた。

近ごろ世間を騒がせた「納豆ダイエット捏造《ねつぞう》」事件の余波《よは》で、〝この方法なら確実に痩せる！〟などとは言い難《がた》い風潮になっており、自《おの》ずと、視聴者が飛びつきそうな斬新《ざんしん》なダイエット方法を紹介できずにいたのだ。

ロデオマシーンにしても、商品として人気は高いが、目新しさはない。だが、熊田には狙いがありそうだった。

「視聴率を稼ぐには、別のウリが必要になる。ズバリ、魅力ある挑戦者だ。それをお前に探して欲しい」

「つまり、痩《や》せたい動機に、大衆が感情移入できるようなストーリー性が必要なんですね」

「それだけじゃダメだ。男の目も惹《ひ》くような、極上のナイスバディーの女を探してくれ」

「ナイスバディー？　そんな人が減量の必要なんかありますか？」

「それを探すのがお前の仕事だろ」

相変わらず無茶苦茶な要求をする男だと、潤治は思ったが、リサーチャーにとって、現場監督であるディレクターの要求は絶対だった。

熊田はロデオマシーンに跨って言った。

「これだけ動きがいやらしければ、ダイエットに関心のない男たちもテレビに釘付《くぎづ》けになること間違いなしだ……フフフ。正直俺も、美香の腰つきを見ているだけで、股間がカチカチになっちまったからな」

夜が白々と明け始める頃、潤治はアパートのベッドで、美香の体にむしゃぶりついていた。

ツンと上向いた乳房に、頬《ほお》ずりしながら顔を埋《うず》め、双《そう》の乳首を吸いたてる。甘ったるい女の香りが鼻腔を刺激し、乳肉の優美な柔らかさが、頬をじんわりと包みこんでくれる。

……この体は俺のモノだ。

数時間ほど前に、業界の猛者《もさ》どもの好奇の視線に曝《さら》されていた肉体を、独り占めしていることに、安堵《あんど》と至福の喜びを感じていた。

薄茶色に色づいた乳輪の先を、律義《りちぎ》に左右交互に口に含み、舌先でチロチロと舐め転がす。唾液にまみれた乳首が、硬く尖《とが》ってきた。

「……あ、ああっ」

美香が、火照《ほて》って桜色に染《そ》まった裸体を、艶《なま》めかしくよじらせた。豊かな乳房と、丸みを帯びたヒップが織《お》りなす見事な腰のくびれを、潤治は愛《め》でるようにそっと撫でた。

「その辺、あんまり見ないで」

美香が、脇腹を手で隠した。

「ウエストの辺りが、最近気になるのよ。私も真剣にダイエットを始めようかしら」

「そう？　気にするほどじゃないと思うけど」

「ダメよ、もっと痩せなきゃ。女は油断したら、すぐにぶくぶく太っちゃうんだから」

……女心とはそういうものかもしれない。

ならば、と潤治は、数時間前の会議室からずっと抱いていた願望を口にした。

「たまには、美香が僕の上になってしまうよ。その方がダイエットになりそうだし」

「いいわ。どうせなら、たっぷり汗をかかせてもらおうかしら」

悪戯《いたずら》っぽく微笑《ほほえ》みながら、覆《おお》い被《かぶ》さってきた美香の指が、するりと股間に伸びてきた。肉棒を、くにゅくにゅと揉みながら、爪の先をシワ袋に食い込ませ、つっ～と掻《か》きなでる。

「うっ」

途端《とたん》に、下半身に電気が走ったような感覚に襲われ、肉棒がビクビクといなないた。潤治の弱点を知り尽くした美香の手業で、みるみる亀頭が張り詰めていく。

「……フフ、すぐに硬くなるから好きよ、ここ」

美香がひょいと腰を浮かし、手慣れた手付きで肉棒を秘園に導く。だが、すぐに挿入しようとはしなかった。秘園の縁からクリトリスに向かって、亀頭をグリグリと擦りつけた。

秘裂から溢れ出る愛液で、恥毛までがひんやりするほど濡れそぼってきた。

「はぁぁっ、いいっ」

……完全に俺のモノは、美香の道具と化している。快楽を追い求める女主人の、僕《しもべ》になったような感覚に、男の性情を煽《あお》られた。

そのまま美香が腰を落とす。秘唇に雁首《かりくび》まで入ると、チュプッと淫猥な音が鳴った。

「あうっ……」

美香が前傾姿勢のまま、熟《じゅく》し切った裸身を小刻《こきざ》みに動かした。雁首の凹凸《おうとつ》を愉《たの》しむかのように、肉棒の半分まで出し入れを繰《く》り返す。そのつど、秘唇が、キュッ、キュッと雁首までを断続的に締め付けてくる。心地《ここち》良い摩擦《まさつ》だ。

「あっ、あっ、あっ……」

口を半開きにし、恍惚《こうこつ》とした表情を見せながらも、リズミカルに腰を動かし続ける美香は、騎乗位の愉しみ方を、熟知《じゅくち》しているようだ。

早くも美香の息は荒れ、首筋からねっとりとした汗が滴《したた》り落ちる。騎乗位は、有酸素運動としても、優れているのかもしれないが……。

潤治は何か物足りなさを感じた。美香が前傾姿勢で抱きつく騎乗位では、せっかくの乳房の揺れが、顔や髪の毛の死角になって眺めることができないのだ。ロデオマシーンに乗っていた姿の方が、数倍も刺激的だった。

……あの嫌らしい腰使いも見てみたい。

潤治は美香の肩を押し上げ、上体を起こさせた。途端に、桃尻がぺたりと股間に密着し、肉棒がズブズブと根元まで呑《の》み込まれた。

「ああん、お、奥まで、当たる～」

うぉお！……潤治も、思わず声を上げた。

美香が、尻を密着させたまま、腰をグルグルと揺すぶり回してきたではないか。量感たっぷりの尻肉に、敏感なシワ袋の薄皮までが、なぶられるほどに刺激される。瞬く間に、背筋が総毛立つほどの快感に貫かれた。

しかも美香の全体重が、豊臀を通じて股間にかかり、哀れ肉棒は身動きが取れない。

潤治は、歯を食いしばって暴発を堪《こら》えた。

「あああ、イイっ！」

快感を貪《むさぼ》るように腰を振りたぐる美香の、蜜壺で蠢く肉びらが、潤治の肉棒を食いちぎらんばかりに締め上げた。

……陰嚢の奥が、煮えたぎりそうだ。

ウッと潤治が呻《うめ》いた。海綿体が脈打ち、堰《せ》きとめていた濃厚な精がドクドクと爆発した。

後悔先に立たず。快感を堪えるのに精一杯で、せっかくの豊乳の揺れをちっとも観賞できないまま、潤治は果ててしまった。交際半年、いまだに美香を絶頂に導けてはいなかった。

美香が、深い溜息を吐いた。

「タイムは四分三〇秒。五分も持たないんじゃ、ダイエットにもならないわ」

「ごめん……」

時計を見ずに、美香は言った。タイムキーパーの仕事柄、ストップウォッチを持たずとも、三十秒単位でなら時間を把握できるのだ。

「……俺、リサーチしておくよ」

おもむろに起きあがった潤治が真顔で、パソコンデスクの方に向かった。

「仕事で忙しい美香でも、必ず続けられる、ダイエット方法、絶対あると思うんだ」

「そういう真面目なところ、スキ。でも、今は仕事のリサーチに専念して。男なら大きな夢をギュッと摑むのよ」

背後から美香が股間をギュッと摑んだ。

今は、しがない雇われの身だが、いつかは、自分が見つけてきたネタで、製作総指揮をとれるような番組制作プロダクションを設立したい。それが、潤治の夢だった。

恋人の美香に、ベッドの上で〝早い〟と嘆《なげ》かれた翌日、潤治はディレクターの熊田からも〝早い〟と驚かれた。わずか一日で、ダイエット企画の出演者候補を探し出したのだ。

仕事の迅速《じんそく》さは、潤治のモットーである。

御園智子《みそのともこ》、三十八歳。二十歳の時に、ミスコンテストの全国大会で優勝。これをきっかけに、モデルとしても活動したが、大学を卒業後に結婚。専業主婦となった。

潤治が、電話で聞いたところ、この十八年でウエストが五センチ、体重が十キロ増え、本人も贅肉《ぜいにく》を気にしており、ダイエットの企画でテレビに出演することには概《おおむ》ね前向きだった。

実際にこの目で確かめようと、潤治は熊田とともに郊外にある御園家を訪れた。

三階建ての小さな建売住宅だが、小綺麗《こぎれい》に整頓《せいとん》されているせいか広く感じられ、二階のリビングには洒落《しやれ》た家具が置かれている。

その雰囲気と不釣《ふつ》り合いな、ヒゲ顔の男が、ロデオマシーンに跨り、巨体を揺すっていた。

「実際に乗ってみると、けっこうイイ運動になるんですよ。おっとっとっと」

熊田が、ユーモラスにこけると、ソファーに座っていた智子が、朗《ほが》らかに微笑《ほほえ》んだ。

涼《すず》やかな目元に、なだらかな頬。端整《たんせい》な顔立ちから品の良い色香が漂ってくる。

「なんだか楽しそうですわね。でも、ホントにこれで痩せられるのかしら」

潤治が、商品のパンフレットを差しだした。

「じつは今、在庫切れの状態でして、その人気の高さが、効果の程を物語っていると言えますね。……試しに、乗ってみませんか?」

そう言って潤治が、用意してきたエアロビ用のレオタードを手渡した。

「まぁ……これを、着るのですか?」

智子が、躊躇《ちゅうちょ》していると、すかさず熊田が、

「美人の奥さんのためなら、それ、さし上げますから。さ、どうぞどうぞ、着替えなすって」

背中を押されるようにして、智子は着替えをしに三階の寝室に上がっていった。

純白のブラウスに、濃紺《のうこん》のロングスカートをなびかせながら、背筋をピンと伸ばして階段をのぼる姿に、元ミスの片鱗《へんりん》が感じられる。一七〇センチの身長がさらに伸びやかに見えた。

「確かに、ナイスバディーを探せとは言ったが」

熊田が、潤治に渋い顔を見せた。

「スタイルが良すぎやしないか。彼女が〝痩せたい〟とほざいても、世の女から反感買うぞ」

「うまく、服で体型を隠しているだけだと思います。お洒落《しゃれ》な人ほど、自分が何を着れば一番スマートに見えるかを知っていますからね」

熊田が、ハッと息を呑んだ。

「お、おまえの、言うとおりだな……」

水色のレオタードから、にょきりと伸びた、はち切れそうな白い太腿が、階段を下りてきた。

大振りなヒップ、胸元を内側から大胆に盛り上げる巨乳。……男から見ればセクシーな体つきだが、脇腹や太腿のまろやかな脂肪を見る限り、明らかに中年太りは始まっている。

「いやん。そんなに見つめないでくださる」

もじもじと、お尻を手で隠しながら、智子がロデオマシーンに跨った。その初心《うぶ》な仕草とはアンバランスなほどフェロモンたっぷりのボディーに、潤治は胸の鼓動を覚えた。

「きゃっ」

静かな振動音を発しながら、サドルの黒革が、人妻の尻肉をいたぶるように揺さぶる。

荒馬のごとく獰猛《どうもう》な、上下の突き上げに、豊かな桃尻が、淫猥《いんわい》にうねった。

薄手のレオタードが容赦《ようしゃ》なく股間に食い込み、盛り上がった肉ドテの形が、鮮明に浮かび上がっている。ジーンズ姿で乗っていた美香の時に比べ、数倍も卑猥に見えた。

「ああ、ダメ。振り落とされそうだわ」

智子が、たまらず前部にある取っ手を摑んだ。悩ましげに腰が振れ動く度に、甘酸《あまず》っぱい汗の匂いが、潤治の鼻孔をかすめた。

喉元からは熱い吐息が漏れはじめ、白磁《はくじ》のような白いうなじが、薄桃色に染まっていく。

突然、智子が、自分でスイッチを止めた。

潤治が心配そうに表情を窺《うかが》う。

「どうなさったんですか？」

「今、自分の太腿を見たら、たるんだ贅肉がブルブル揺れて……やっぱり恥ずかしいわ」

土壇場《どたんば》になって、智子の羞恥心《しゅうちしん》が、顔を覗かせているようだ。

……ここは、強く背中を押さなければ。

潤治が、正面から智子を見据えた。

「完璧なスタイルだった、十八年前の貴女に、戻ってみたいと思いませんか？」

智子が、真顔で潤治を見つめた。

「あの頃の私に？　ほんとうに戻れるの？」

「はい。今回のテレビ出演をきっかけに、継続してダイエットすれば絶対に戻れます。無理なく痩せられるように、栄養面は僕がリサーチしますし、あとは智子さんの、意志一つです」

「そうね……贅肉なんて、隠すから減らないのよね。まずは、全てを曝《さら》さないと」

智子が強く頷いた。出演交渉成立である。

目標が設定された。

「十日間で、ウエスト五センチ。体重五キロ減!」

ダイエットの奮闘ぶりを熊田が撮影し、ちょうど十日目にあたるスタジオ収録で、出演者の前で体重とウエストを計測。達成すれば賞金百万円。副賞は、「ロデオマシーン」だ。

台所へ智子がお茶を煎《い》れなおしに行くと、熊田が、ポンと潤治の肩を叩いた。

「よくぞ探したな。あれだけのグラマー美女だ。男の視聴者も釘付けだろ」

潤治は、少々太っていても、見栄《みば》えがするようにと、初めから「三十代の元ミスの主婦」に狙いを定めた。そして主なミスコン事務局の協力の下、片っ端から電話取材をかけ、現在の体重などを考慮し、智子を選んだのだ。

潤治は、リビングに戻ってきた智子から、プロフィール作りのためのリサーチをした。

「太ってしまった原因は、何でしょう?」

「きっと、息子にスタミナをつけさせようとして、高カロリーの献立《こんだて》になったのでしょうね」

高校生の一人息子は、野球の名門高校に進学し、野球部で合宿所生活を送っており、今は夫の恒男《つねお》と二人暮らしだ。

恒男は、勤めていた広告代理店から数年前に広告デザイナーとして独立。個人事務所を構えた。最近は、仕事で事務所に泊まり込むことが多いという。

「御主人は、智子さんの体型について何と仰《おつしや》ってます？」

「私が痩せても太っても、主人はもう興味はありませんわ……そりゃぁ、百万円のためなら協力はしてくれますけどね」

苦笑いを浮かべた智子は、すぐに話題を、息子の自慢話にうつした。


ダイエット三日目。『体重一キロ減・ウエスト変わらず』

リビングのソファーに座っている智子の顔に、数日前の笑顔はなかった。

「御主人、どうか考え直して頂けませんか」

頭を下げている熊田を、苦虫を嚙《か》みつぶしたような顔で見ているのは、恒男だ。長髪に洒落た眼鏡をかけ、若作りはしているが、色白で神経質そうな顔には、皺《しわ》がよっていた。

「……お引き取りください」

じつは智子は、テレビ出演の件を、事務所のパソコンに送ったメールでしか伝えておらず、恒男は読んでいなかった。そして、数日ぶりに着替えを取りに来た恒男が、初めて事情を知り、妻の出演の辞退を申し出たのだ。

「妻のこんな体を、大衆に曝すなんて、恥《はじ》さらしもいいとこだ。冗談じゃない」

うつむいていた智子が、唇を噛《か》みしめた。

愛情のかけらも感じられない恒男の言葉を聞くに、滅多《めった》に帰ってこないのは、仕事が理由だけではなさそうだと、潤治は察した。

「智子。お前もお前だ。こんな大事なことをメールで済ませるとは」

「あなたこそ、私に相談もなしに何でも決めるじゃない。広告代理店を辞めた時だって……」

えっ、と潤治が、思わず驚きの声を発すると、智子はバツが悪そうに、視線を逸《そ》らした。

ろくに会話もないほど、冷え切った夫婦だったとは……。

だが、収録日が決まっている以上、今さら他の挑戦者を探すのは無理だ。

「……どうしても、承諾して頂けないのなら」

熊田が、低いドスのある声で続けた。

「これまでかかった撮影費用、人件費、しめて二百万円を、弁償《べんしよう》して頂きましょうかね」

弁償!?……これには潤治も驚いた。

「家族の意思の疎通《そつう》がなかったのは、そちらの責任です。不服なら訴えてもらって構わない。まぁ、裁判になっても我々が勝つでしょうがね」

恒男は痛いところを突かれたと言わんばかりに唸《うな》った。

〝説得してもダメな場合は、脅せ〟……それが、熊田の交渉における常套《じょうとう》手段だった。

「テレビ屋だからって、デカい顔しやがって。そういう驕《おご》りがヤラセ体質を生むんだ。……こんな子供騙《だま》しの機械で、五キロも痩せるはずがない。どうせまたヤラセをする気だろ」

「ヤラセは一切ありません」

これには、潤治も黙ってはいなかった。

「智子さんの体脂肪も測定した上での、妥当《だとう》な目標です」

熊田が、無造作に手元に置いていた紙を、何げなくしまおうとした。

「ちょっとそれ、見せろ」

めざとく見つけた恒男に奪い取られ、熊田がチッと小さく舌打ちをした。

「智子の台詞《せりふ》があるぞ。ドラマじゃあるまいし、なぜ台本が……」

熊田が、撮影の合間に書いた台本だった。潤治も内容は知らない。細かい現場の演出は熊田の領分である。

恒男が、鋭い目つきで台本を読み始めた。

『「奥さん、好物のスナック菓子は我慢しているでしょうね？」

スタッフの質問に、頷く智子。

スタッフ、部屋を捜索し、戸棚に近づく。

智子「あ～、そこは開けないで」

無視してスタッフが開ける。すると、お菓子が、ドサドサと雪崩《なだれ》のように落ちてくる
……』

読み終えた恒男が、熊田を睨《にら》んだ。

「ヤラセだ……これが何よりの証拠だ」

「いや、それは……想定されるケースを書いただけの、つまりイマジネーションのメモで……」

と、その時、一人のスタッフがコンビニエンスストアの大きな袋を持って入ってきた。

「熊田さん、このお菓子、どこの戸棚に入れるんですか？」

熊田が、天を仰いで頭を掻《か》きむしると、恒男は勝ち誇った顔を見せた。

「やっぱり！　これぞ世に言う捏造じゃないか」

「捏造じゃない。演出の範囲内だ」

開き直った熊田が声を荒らげた。

ダイエットの番組でこの手の演出は日常茶飯事《さはんじ》だが、あまりにタイミングが悪すぎた。

「開き直る気か！　この台本を世間に公表するぞ！」

「いい加減にして」

智子が、夫を睨んで語気を荒らげた。

「出演者の私が承諾したのよ。なにも問題ないわ！」

「うるさい、世帯主は俺だ。俺に従え」

「ちっとも帰ってこないクセに。なにが世帯主よ、聞いて呆《あき》れるわ」

智子に毅然《きぜん》とした顔で言われると、恒男はムキになって言った。

「百万円くらい俺がいつでもくれてやる。マシーンだって、これで買えばいい」

恒男が財布から出したカードを、智子が突き返した。

「あいにく在庫切れだそうよ。余裕もないのに、見栄《みえ》なんか張っちゃってバカみたい」

一瞬の沈黙ののち、恒男は、勝手にしろ、と捨て台詞を残し、家を出て行った。

ダイエット五日目。『体重二キロ減・ウエスト二センチ減』

……主人に、メチャメチャにされて……

悲壮感漂う智子からの電話を受け、潤治は、夜遅くにタクシーで御園家に駆けつけた。

智子は、リビングの床に、へたり込んで啜《すす》り泣いていた。

階段の下には、本体が変形するほど破損したロデオマシーンが、痛々しく置かれていた。

傍に置かれたメモ用紙を読んだとき、潤治は腸《はらわた》が煮えくり返るほど怒りを感じた。

『俺も試してみようと思って、三階に運ぼうとして手がすべった。悪気はない。恒男』

恒男は、智子が買い物に出た時を見計らって家に忍びこみ、過失《かしつ》を装って壊したのだ。

ロデオマシーンの在庫切れを知った恒男が、企画をボツにしようと企んだのは明白だった。

〝そこまでする必要があるのか……〟

潤治は驚きと落胆《らくたん》を隠せなかった。

番組的にも大きな痛手だ。ロデオマシーンを使えないばかりか、現段階で二キロしか痩せていない智子に目標を達成させるのも難しい。

熊田は、別の企画の準備をテレビ局で始めていたが、潤治は、それだけは避けたかった。

自分が必死に探し出した素材が、ボツになるのは、リサーチャーにとってあまりに哀しい。

憔悴《しょうすい》しきっていた智子に、潤治は、持参してきたチーズや野菜ジュースなど、体に必要な栄養素を含んだ食事を手渡した。

「これを食べて元気を出してください。ロデオマシーンがなくとも、ダイエットは可能です」

智子が、ふっと顔を上げた。

「どうして、そんなに優しくしてくれるの？」

「いや、べつに……仕事ですから」

悲哀に満ちた、人妻の視線をまともに受け、潤治はドキリとした。

智子がレオタードに着替えてくると、潤治はリビングで腿上《ももあ》げ運動をさせた。壁に両手を突き、片足ずつ百回上げる。ロデオマシーンと同様に、腹筋や太腿を引き締める運動だ。

目の前で、ムッチリとした太腿が跳ね上がる。尻肉が、むりむりと盛り上がり、中央の割れ目部分に、一本の淫猥な縦《たて》ジワが食い込む。

腿上げ運動による予想外の破廉恥な眺めに、潤治は密かに股間のモノを硬くしていた。

智子の息が荒くなり、腿が次第に上がらなくなってきた。無理もない。こうした運動が辛いからこそロデオマシーンが流行《はや》っているのだ。

まだ三十回にも満たないうちに、智子が傍らのソファーにガックリと腰を落とした。

「少し休憩しましょうか」

「もう、私には無理です……」

智子が、肩で大きく息をする。胸元の谷間から、豊かな乳肉が大胆に上下する、蠱惑《こわく》な光景が、否応《いやおう》なしに目に飛び込んできた。

「体が重い……自分が情けないわ。何よ、この贅肉、いや。もういや」

自分の脇腹の贅肉を、引きちぎるように摘む智子の瞳には、うっすらと涙が滲んでいた。

「私なんかもう、女じゃないんだわ。……こんなダイエットなんかしたって……」

……ここで、自信を喪失させてはいけない。

「智子さん、貴女は、十分に魅力的です」

「嘘言わないで……きゃっ！」

顔を上げた智子の、目の高さに、ズボンを内側から押し上げた男の屹立があった。

潤治は覚悟を決めた。

「これが何よりの証拠です。貴女が魅力的な女性であることの……」

智子の手を握って、半ば強引にズボンの股間の膨らみへと導いた。白い指が、強《こわ》ばりに触れた瞬間、肉棒がびくんと嘶《いなな》いた。

「ひゃっ……」

思わず智子が手を引っ込めた。

「すみませんでした……」

潤治は、隣に座って頭を下げた。軽率《けいそつ》だったかも知れない。だが、身も心も疲れ果てた智子に、女としての自信を回復させ、ダイエットを続けさせるには、こうするしかなかった。

「謝らないでくださる……」

その声に、潤治が頭をあげる。潤みに覆われた智子の瞳が、妖しく光って見えた。

「お願い……抱いて」

智子が、すがりつくように抱きついてきた。

背中を激しく掻き抱きながら、ぐいぐいと潤治の体を引き寄せる。豊満な肉体に包みこまれる感触に、思わず夢心地に浸った。

若い肉棒に触れた途端、内側に潜んでいた雌《めす》の本能が蘇ってきたのか、口紅が剝《は》がれ落ちるのも気にせず、濃厚なキスを求めてきた。

人妻の生温かい舌がぬるりと差し込まれ、口の中でまるで蛇のように乱れ舞う。

「……う、うぐ」

清楚《せいそ》な顔に似合わぬ淫らな舌の蠢きと、火照《ほて》った体から発憤される、汗と香水が混じった甘酸っぱい匂いに、男の情欲が漲《みなぎ》ってきた。

潤治も攻めに転じた。レオタードの上から、乳房を掬《すく》い上げるように揉み弄《いら》う。乳肉が掌の中で、柔らかくひしゃげた。

「ああ……」

身悶えながら智子が顔を歪める。

すかさず潤治が、太腿の間に手を潜り込ませ、恥丘の膨《ふく》らみをそっと撫で上げた。割れ目から溢れ出た蜜液が、レオタードを濡らし、指にねっとりと粘り着いてくる。そのまま指を押しやると、ナイロン生地《きじ》ごと、指の第二関節まで、ずぼっと秘口に呑み込まれた。

「あぅうっ！」

秘液の量は十分だが、今宵はもっと汗をかかせる必要がある。

潤治が、ソファーに仰向けに横たわった。

「僕の上に跨って頂けますか」

「私が、上に？……でも、重いわよ」

「大丈夫です。騎乗位で激しく動けば、ロデオマシーンと同じダイエットが可能ですから」

智子がゆっくりと頷いた。

「それで、すみませんがレオタードは……」

〝発汗を促すために着たままで結構です〟と潤治が言おうとする前に、智子が立ち上がってさっさとレオタードを脱ぎ捨ててしまった。

潤治は思わず生唾を呑み込んだ。

元ミスの、伸びやかなボディーラインに、熟女の色気が備わった艶然たる裸体が、目の前に現れた。豊熟した白い巨乳は、脂肪と量感に満ち溢れながらも、少しも垂れることなく、赤茶色の乳首は見事に上を向いている。

……俺の手に、負えるだろうか。

呆然《ぼうぜん》としていると、〝ねえ早く〟と智子に急《せ》かされ、ズボンをパンツごと脱がされた。

漲る肉棒が、勢いよく飛び出す。

物欲しそうな女の視線が、まとわりつく。

「まぁ、こんなに……」

白い指が、黒褐色の肉棒に絡みついてきた。遠慮がちに、それでいて玩《もてあそ》ぶような指の動きが艶めかしい。ピンクベージュの爪で、肉傘の出っ張りをコリコリと刺激されると、たまらず潤治が、唸り声を発した。

智子がためらうことなく跨り、猛った肉棒を黒い繁みへと導く。ぷっくりと膨《ふく》らんだ赤銅《しやくどう》色の秘唇が、ぬるりと亀頭を呑み込んだ。

「はぁぁぁ」

久しぶりの男根の感触を味わうかのように、智子が、ゆっくりと腰を落とす。上体を起こしたまま、銜《くわ》えこんだ肉棒をしごくように、腰を上下にピストン運動させた。

「あっ、あっ、あっ」

女壺の襞が、海綿体に柔らかくまとわりついてくる。ゆるやかで温かみのある締めつけだ。

大量の雌汁も、適度な潤滑油《じゆんかつゆ》となり、雁首への摩擦を心地良いものにしてくれている。

……これなら、暫くは堪えられそうだ。

潤治は、下から見上げる絶景を堪能した。

黒髪を振り乱して喘ぎながら、智子が白い裸身を上下に律動させるたびに、柔らかな巨乳が、たぷたぷと卑猥な音を立て、ダイナミックに揺れはずむ。女が前傾姿勢にならず、上体を起こした騎乗位は、視覚的にも刺激的だ。それに智子の重さも、さほどではない。

……とはいえ、自分だけ、楽をしているのも後ろめたい。潤治は、豊かに波うつ乳房を下からあてがうように摑み、まん丸と勃起した乳首を、指で揉み転がしてみた。

「イイッ……」

智子が、顎を突き上げて大きくのけ反った。だが、その拍子に、蜜液で滑った肉棒が抜けてしまった。

「体の向きを反対にしてみましょうか」

向きを変えれば、体の別の脂肪にも負荷がかかり、ダイエットに効果的ではないか。

そう考えた潤治は、智子を後ろ向きに跨がせ、秘園に肉棒をあてがった。背面騎乗位である。

白い豊臀が沈む。湿潤の蜜壺が、肉棒をずぶずぶと根元まで呑み込み、智子が腰をぺたりと落とした。

亀頭が、一気に膣奥を貫く。

「ひ、ひぃい」

背中をぶるっと震わせた智子が、まるで雌犬のように、桃尻をぐいぐいと前後に揺すぶり立てたではないか。

〝ウッ……な、なんだ、この感触は……〟

桃尻が小刻みに動くたびに、肉襞が、ぞよめくようなうねりを起こし、潤治のモノをしごきたてる。肉棒の芯に脈動が走り、得も言われぬ快感が迫り上がってきた。

「ああ……なんか、さっきより凄いわ……あうっ」

しまった……。先程まで智子は、重さを気にするあまり、腰を十分に落とさずにいたのだ。だが、お尻をついたことで、亀頭が膣奥まで達し、快感のツボを知った智子は、貪るように、尻を振り立てずにはいられなくなったのだ。

〝まさか、俺の股間に負荷がかかるとは……〟

時すでに遅し。長身巨乳の全体重が、大振りなヒップを通して股間にのしかかる。おまけに、ムッチリした双の太腿に、胴をぴたりと挟まれ、もはや逃げ場を失った。良かれと思って体位を変えたことがまたしても裏目に出た。

〝ここで果てたら、ダイエットにもならない。俺は単なる間男になってしまう〟

潤治は、血が出るほど唇を噛んで耐えた。

だが、肉の悦びに浸る智子は、一心不乱に巨大なマシュマロのような尻を振り立てる。まるで男のモノを使い、自慰に励んでいるかのごとく猥褻な光景が、潤治の欲情を増殖させた。

「ああ……奥まで当たる……イイッ」

乱舞する智子の尻肉が、ピクピクと痙攣を始めた。喜悦の叫び声を発し、背筋を何度も反り返す。そのつど蜜壺の肉襞が、キリキリと潤治の肉棒を絞るように蠢く。目も眩むような快感が、股間から脳天を鋭く貫き、潤治は暴発を覚悟した。

突然、室内に、眩しい光が差し込んだ。

ひぃ～っと智子が、甲高い悲鳴を上げた。だが、それはエクスタシーの声ではなかった。

「しゅ、主人だわ。お願い、隠れて！」

光は、恒男の車のハロゲンライトだった。

智子は、跳び上がるように潤治の体から離れ、慌ててレオタードを着始めた。

暴発こそ免れたが、突発的な非常事態に見舞われた潤治は、脱いだ服を抱えて、慌ててリビングの外にあるベランダに避難した。

恒男が、洗濯物を持ってリビングに入ってきたのは、智子がようやくレオタードを身につけ、ベランダ側のカーテンを閉めた直後だった。

「お前、何をやっているんだ？」

智子が、汗びっしょりで息を弾ませているのを見て、恒男が不審気にそう訊《たず》ねた。

「ダイエットよ！　あなたにマシーンを壊されたから、自分で運動するしかないじゃない。もう私を邪魔しないで！」

「なんだ、その口の利き方は。それに、わざと壊したわけじゃない。手紙にも書いただろ」

「うそよ！」

「フッ……お前がくだらんダイエットなんぞをするから、きっと天罰が下りたのさ」

一瞬、ヒステリックな奇声を発した智子が、冷蔵庫からバナナを取り出し、貪るようにガツガツ食べ出した。ストレスがピークに達し、抑えていた食欲を制御しきれなくなったようだ。

潤治は、ベランダで頭を抱えるしかなかった。

恒男が、ゆっくりと智子に近づいた。

「もっと、食べるんだ」

「私をあざ笑う気？」

「そうじゃない……智子、本当のことを言うと俺は、太った女にしか、興奮しないんだ」

〝まさか、デブ専だったとは！……〟

まだ意味を良く呑み込めず、呆然としている智子に、恒男が静かに語り出した。

優しいふっくらとした母から、愛情をいっぱい注がれて育った彼は、少年の頃から、ふくよかな女性が好きだった。学生時代も好んで太った女性と交際したが、肉体だけで選んだ恋人とは、長くは続かなかった。

やがて友人の紹介で知りあった智子の、家庭的な優しさに惚れ、プロポーズした。

しかし、結婚後も性の趣向だけは変わらず、長男の出産後はセックスレスが続いた。さらに独立後の仕事が巧《うま》くいかずにストレスを抱え、内面までも冷えた夫婦関係になってしまった。

聞いていた智子が、ゆっくりと顔を上げた。

「私も、子育てに夢中になって、あなたのことはおざなりになっていたかも……」

「過ぎたことは良い……それよりも」

恒男が、智子の体を舐め回すように見た。

「本来お前は太りやすい体質だ。いつか太ってくれることを俺は密かに期待していた……だから、ダイエットには反対だった」

黙りこくる智子を見て、潤治が、ベランダから智子の携帯にメールを送った。

『御主人に、こう尋ねて下さい……』

テーブルに置かれていた携帯電話でメールを確認した智子が、一呼吸おいて口を開いた。

「昔より、今の私の体型の方が、少しは好みのタイプってこと?」

「……まあ、理屈ではそうなるが」

「理屈はいらないわ。目で確かめて。私の裸ずいぶん見てないでしょ」

いきなり立ち上がった智子が、レオタードを脱ぎ捨てた。

恒男は一瞬驚いたが、ぼってりとしたお尻を、目の当たりにすると、値踏みするような視線で凝視《ぎょうし》した。

「脂肪の溜まりぐあいは悪くないな。あと十キロ増えてくれたら理想だが……うおっ!」

智子が、恒男を押し倒して跨った。

「贅沢言わないでよ! ああん、百万円のためと思って! 今夜は寝かせないわ」

「お、お前、なんだか、別人のようだな」

智子の、悦楽の喘ぎ声が聞こえてくると、潤治は安心してベランダをつたい下りた。

バナナ一本のカロリーなら、一回のセックスで十分に燃焼できる。

収録の前日。智子からは、体重は順調に落ちており、若干ウエストを落とすだけとの報告が入っていた。

ＶＴＲも、ロデオマシーンが壊れる前に撮影されていた智子の姿がセクシーだったことから、「これなら視聴者も釘付けだ」とスケベなプロデューサーからＯＫが出ていた。

潤治は、司会者に見せる智子の資料書きを終え、部屋で美香と一夜を過ごしていた。シャワーから上がった美香が、潤治をベッドに誘い、じゃれるように、上に跨ってきた。

「ねえ、私が上になった時、楽してるでしょ。潤治も少しは動いてよ」

「よぉし。こうか、こういう感じかな」

潤治が下から豊臀を摑んで突き立てた。ブリーフ越しに猛った肉棒が、美香の秘部を刺激し、グラマラスな上半身を上下に揺らした。

「いやん、揺れ落ちそう。なんだか本当にロデオマシーンに乗っているみたいだわ」

〝なに？　……つまり、下にいる男の方が、腰を動かすべきだったのか？〟

携帯が鳴った。潤治は、熊田からの電話と分かると、美香から体を離して電話に出た。

「おい、智子が、寿司を食いまくっているぞ」

「な、なんですって」

熊田が、打ち合わせのために家を訪れると、夫婦で酒を酌《く》み交わし、智子は寿司をパクパク食べているというのだ。

〝今から来い〟と熊田に言われ、潤治が電話を切った直後、智子からメールが届いた。

『ゴメンなさい潤治さん。でも、夫は食欲旺盛な私を見て、とっても嬉しそうだわ。私もなんだか新婚気分でわくわく。ウフ』

智子のメールを最後まで読んだ潤治は、自らのリサーチ不足を悔やんだ。

上で跨る女だけが腰を動かしては、『ロデオマシーン』の動きにはならなかった。カロリーだけが消費され、一時的に体重は減るものの、ウエストはさほど落ちない。むしろ、男が下で腰を動かす方が、女は振り落とされないようバランスをとり、自《おの》ずと腹筋や太腿が鍛えられるのだ。そうとは知らず、毎晩、夫の上で腰を振り続けた智子は、本番前日にスタミナ切れとなり、反動で大食いしてしまったのだ。

『主人たら、意外にタフなのよ。それとも私が魅力的ってことかしらん』

夫婦円満への糸口を摑んだ智子の文章は、愉しげに躍っていた。だが、一番喜んでいるのは、あのデブ専の恒男である。

一方、潤治のパートナーは、簡単に解放してはくれなかった。

「タクシーを使えばここから十分で行けるわよ。だから、あと、三十分、いいでしょ！」

「さ、三十分も……」

ダイエットとして最も効果的なセックスを知ってしまった美香は、馬乗りの状態で、はきかけた潤治のズボンをブリーフごとむしり取った。

「いっぱい動いて！　でも先にイッたら承知しないわよ。アナタは種馬じゃないの。私の暴れ馬。ロデオマシーンなんだから！」

焔《ほむら》のように

安達　瑶

著者・安達《あだち》 瑤《よう》

安達O（男）とB（女）の合作作家。電子メールを活用して執筆。「SFからSMまで」をモットーに、多彩な設定で『面白い小説』を目指し、アンソロジーや雑誌でも活躍。最新刊の『悪漢刑事』が好評で、今最も注目を集める作家の一人である。

「あの人のことは忘れるべきなのか、それとも、傍《そば》で励《はげ》ましてあげるべきなのか、どうしたらいいのか判《わか》らなくなってしまって」

おれの目の前で目を潤《うる》ませた女は、切々と訴えた。

おれ、速水涼次《はやみりょうじ》は、いわゆる『壊《こわ》し屋』だ。別れさせ屋とも言う。要は、夫婦やカップルの仲を引き裂く商売だ。だが、その日の依頼は、少し変わっていた。

事務所を持たないおれが、日曜の午後に下町の古びた『純喫茶』で向かい合い、話を聞いている今日のクライアントは美穂《みほ》と名乗る地味なＯＬ。二十代後半で、そろそろ人生やり直しも難しくなってくる年ごろだ。妻子持ちの男と不倫の最中だったが、相手の男が大きな事件に巻き込まれ、このままでいいのかどうか迷いが生じているという。

「あの事件……テレビや新聞にも大きく出ましたからご存じかもしれませんが、深夜に火事を起こして母子三人が焼死したという……」

「覚えてますよ。あれはたしか、その家の父親だけが、たまたま徹夜で残業中で、助かったんでしたよね」

Ｃ県Ｔ町で起きた母子焼死事件。あの一家の主《あるじ》が、この美穂の不倫相手と言うわけか。

正規の興信所ではなく、口コミで依頼を受けるおれに頼んできたのも、そのせいか。

おれは背はほどほど、細身ながら、これもほどよく筋肉のついた体型で、別にいかがわしい外見ではないが、長年の裏稼業でそれなりの垢《あか》はついている。一応仕事の依頼を受ける場に革ジャンを着てくるのはロック・ミュージシャンでもない以上、マトモな人間には見られないだろう。それでも、おれのような人間に頼もうというのだから、例によって事情があるのだろう。

「彼とは今、連絡が取れなくて。でも、私には傍にいてあげたい気持ちは、あるんですそうですよね。相手の奥さんも死んじゃったんだから好都合じゃないですか、と言いかけてやめた。さすがにお調子者のおれも、依頼人のＯＬの蒼《あお》い顔を見れば、そんな軽口は叩けなかった。

「こんなことになってしまって、本当なら、彼と別れるべきなのかもしれません。でも」

たしかに、普通の神経の人間なら、他人の、それも何の罪もない子供たちの死の上に、自分の幸せを築くのは抵抗があるだろう。

「彼がやったのではないことは、判っているんです」

いきなり剣呑《けんのん》なことを言う。繁忙《はんぼう》期でもないのに会社で徹夜という、いかにも不自然な状況での一家の主のアリバイを証言したのは、一緒に残業をしていた美穂なのだ。

「もしも……もしも、彼が事件にかかわっていて、それが私のためだったなら、彼と一緒に罪を背負って行く覚悟はあります。一生。でも、そうじゃないような気がするんです」

依頼人・美穂の気持ちは千々《ちぢ》に乱れているようだ。彼女の不倫相手、瀬島紘一《せじまこういち》が、たまたま残業で会社にいて難を逃れたことは、テレビのニュースでも報じていた。外に愛人がいて、自分以外の家族が全員死んでしまった、という状況は心証的にもいわゆる真っ黒というやつだ。美穂がもしかして、という疑惑を持つのも不思議ではない。

「子供たちが可愛いから妻とは離婚できない。彼はそう言っていました。でも彼が事件にかかわっているとしたら、それはウソだったんでしょうか？　それに私を愛しているのなら、事件のあと全然連絡をくれないのは何故《なぜ》なんでしょう？　私は、利用されただけなんでしょうか？」

「事件当夜、瀬島氏の様子はどうでした？」

ここだけの話にしてください、と前置きして美穂は言った。

「落ち着かない様子でした。始終携帯を気にしていました。何かに怯《おび》えているみたいで」

だがそのことは誰にも言っていない。瀬島の様子はごく普通だった、残業も、やむを得ない状況下でのものだったと、警察の事情聴取にも美穂は答えたのだという。

「頼まれたわけじゃありません。でも彼は、私なら絶対、不利なことは言わないと、判っていたと思うんです」

今さら警察に本当のことは言えない。だがこんな形で自分を巻き込んでおいて、事件後、何の連絡もないのはどういうわけなのだろう。そんな割り切れない気持ちが膨《ふく》らむだけ膨らんで、とうとう美穂はおれに依頼する気になったようだ。

「彼があの火事に何らかの形でかかわっていたとして、家族を愛していたということもウソで、そして私のためでもなかったとしたら……それは誰のためだったんでしょう？　それが知りたいんです私は」

「あなた以外にも女性がいるんじゃないか。そういうことですね？」

彼女の代わりにズバリ、おれは言ってやった。美穂の顔は、殺人現場を正面から見てしまったように凍りついた。

「いるならいるでいいんです。このままでは、私、前に進めません」

死人のような蒼い顔から、言葉がやっと出てきた。瀬島という奴は相当いい男なんだろう。こんな事件に巻き込まれ、自分まで警察に疑われる立場にありながら、美穂は瀬島を忘れることができないのだ。

「どういうつもりだったのか、どうしてあの夜、特に必要でもない残業に私を付き合わせたのか、彼の真意を聞いて欲しいんです」

瀬島が警察に疑われている状況で、二人きりで逢《あ》うことが、美穂にも恐ろしいのだろう。

瀬島とは現在連絡が取れず、居所《いどころ》も判らないというが、探し当てて話を聞くぐらいなら、おれには朝飯前だ。

おれは美穂が差し出した十万円から手付けに三万円だけを抜き取り、依頼を受けた。個人的にも瀬島という男に興味を持った。

取り敢《あ》えず、現場を見に行く。

焼けてしまってからけっこう経《た》ったはずなのに、整地もされず、無残な焼け跡は晒《さら》されたままだった。鉄筋コンクリート二階建てで、建坪《たてつぼ》の広さと焼け残った外殻の立派さから、それなりに金のかかっていそうな一戸建てだと知れた。

「奥さんは美人で、ご主人もすらりとしたハンサムで、ちょっとアナタに似てる感じもあって。そういう美男美女のご夫婦でしたよ。お子さんたちも可愛がって、休みの日なんかね、みんなでよく出かけていましたよ」

話を聞いた近所の住人は、マスコミ相手に何十回も喋《しゃべ》ったのか、すっかり慣れてしまった口調だ。しかし、突然言葉を切ると、涙ぐんで顔を歪《ゆが》めた。

「だからね、知らせを聞いて飛んで帰ってきたご主人の姿は見てられませんでしたね。本当に火の回りが早くて、助けようもなかったんですよ。火の中から悲鳴が上がっても、本当にどうにも出来なかったんです……」

亭主の瀬島は、やり手の営業マンだ。しかし、まだ四十前のこの年齢で、これだけの家を建てる甲斐性《かいしょう》があったのだろうか。妻の実家が資産家だというから、あるいは、金はそこから出ていたのかもしれない。

所轄《しょかつ》の警察にも出向いて、担当の刑事にも話を聞いた。

「火災保険も死亡保険金はすでに下りてる。ってことは、瀬島が放火殺人の犯人という線は消えたってことだ。保険会社はこういう部分はシビアだからね。ウチにも調査員が来てあらいざらい聞き込んで帰ったよ」

ライターの名刺を出して取材を名乗ったおれに、刑事はいろいろと教えてくれた。

「おれもテレビや週刊誌と同じように亭主が怪《あや》しいと睨《にら》んだんだが、明け方まで仕事をしていた、という主張は崩せなかった。もちろん、誰かに放火させたという線もある。あの亭主は遊び人だという噂《うわさ》も耳にしたし……」

そこで刑事は苦々《にがにが》しげな表情になった。

「だがそこで捜査は打ち切りだ。ウチの県警もここんとこ検挙率下がりっぱなしでね。犯罪認知件数を上げたくないんだろうな。上の意向としては」

そこで、おれはつまらないものですが、と虎屋《とらや》の羊羹《ようかん》を差し出した。

「皆さんで召し上がってください。あ、ついでにこれも。行きつけの店から貰《もら》ったんですが、おれ、使わないんで。お時間あれば行ってやってくれますか」

この所轄署最寄り駅の居酒屋におれが金を払って発行させた「新年会飲み放題プラン、三人以上五割引」という特別クーポンだ。刑事は破顔した。

「おっ、こいつはありがたいねえ。足を棒にして地取りに回ってくれてるウチの若いもんに、酒でも飲ませてやろうと思ってたとこだ。あんた、若いのに気が利《き》くじゃねえか」

タダでもらうのも何だから、と刑事は一枚のメンバーズカードを机の上に放り出した。

「池袋《いけぶくろ》の漫画喫茶《マンキッ》だ。あんたの捜しものは多分、そこにあるよ。やつには一時、行確《こうかく》(行動確認)、付けてたんでな」

阿吽《あうん》の呼吸、水心あれば魚心というやつだ。叩き上げらしい刑事は付け加えた。

「あんたならやつに逢って、ほんとのところを聞き出せるかもな。おれたちが締め上げれば人権問題だが、やつが自分から話す分には問題ない。おれのカンでは、やつはクロだ」

そこまで言っておきながら、刑事はタバコの煙を吐いて、文字通り煙《けむ》に巻いた。

「おっと。今のはタダの個人的感慨ってヤツだ。証拠があるならとっくに動いてるさ」

心証は真っ黒だが証拠がない。それは判った。瀬島は事件のショックで休職中、居所も不明。だが警察が付けていた行動確認で、池袋の漫画喫茶に寝泊まりしていることを把握。それも判った。おれは池袋に向かった。

写真で面は割れている。

「勘弁してくれ！　警察には何も言ってない。絶対何も言わないから、許してくれ！」

刑事が教えてくれた池袋の、24時間営業の漫画喫茶に瀬島はいた。美穂から見せられた写真で面は割れている。

だが、「瀬島紘一さんですね。ちょっとお時間、よろしいですか？」とおれが話しかけた途端、ヤツはテンパった。張り裂けそうに両目を見開いて手を震わせ、後ずさりして満喫の個室の壁に、背中をぴったりと押しつけた。額にはじっとりと脂汗《あぶらあせ》が滲《にじ》んでいる。

その目に浮かんでいるのは明らかに恐怖だ。

何を怖《こわ》がっているのだこいつは、と驚いたが、瀬島は「悪かった」「誰にも何も言わない」「おれのことは見逃してくれ」をひたすら繰り返すばかりだ。仕方なくおれは言った。

「おれが来たのは多分、あんたが思ってる理由とは違う。一つだけ、聞かせてくれ。沢田《さわだ》美穂さん、知ってるよな？　彼女を巻き込んだのは何故だ」

美穂の名前を聞いた瀬島の顔に、意表をつかれた驚きと、安堵《あんど》の表情が浮かんだ。この男は事件以来、美穂のことなど思い出してもいない。おれはそれを確信した。残酷だが、それを彼女に伝えるしかない。

「こわ……怖かったんだ。一人じゃ。あの夜は。とても一人ではいられなかった……」

以後、瀬島はうつろな表情になり、おれが何を言っても反応しなくなった。もう充分だろう。

取り敢えずこの男が美穂と縒《よ》りを戻す可能性は無《む》に等しいこと。美穂が共犯として警察に追及される可能性も無《な》いこと。この二点を依頼人に伝えればおれの役目は終わりだ。その後、どうするかは美穂が決めることだ。

だが、それで終わりにはならなかった。その日の夜、依頼人の美穂とおれはラブホテルにいた。瀬島の反応をありのままに伝えると美穂は泣き出し、自分からおれをホテルに誘ったのだった。

あんなくだらない男を忘れる手助けに少しでもなれるのなら、とおれも従った。

通勤着のジャケットを脱ぐと、美穂はとにかく、胸がデカかった。

ブラウスの胸元ははちきれんばかりの巨乳で、そこから飛び出すかと思えるほどのバストの間には、深い谷間がある。そのラインを強調したいから、わざと躰《からだ》にぴったりした、小さめのサイズの物を着てるんじゃないかと思えるほどだ。

むっちりと肉のついたその躰は、とても肉感的だ。いわゆる『男をそそる躰』というのだろう。地味な女だが、これがあるから、瀬島も手を出したのか。

タイトスカートに包まれた下半身は、胸のふくらみとは対照的に、締まったウエストが作り出す、メリハリある曲線に迫力がある。

彼女は、下着姿になると、流れるように自然な動作でおれに近づいて唇を重ねた。しかも単刀直入に、舌が入ってきた。

おれは彼女をエロティックな対象とはまったく思っていなかったが、理性を狂わせるに充分な魔力が、ディープキスの舌にはあった。ネロネロと自在に動くこの濡れた肉片は、おれの口の中を蠢《うごめ》きおれの舌に絡《から》み、依頼人と、仕事を引き受けた人間という一線を越えるのに充分な官能に溢《あふ》れていたのだ。

躰の芯を突き動かすような、強く激しい衝動がおれを揺さぶった。

彼女はおっとりしているように見えるが、ベッドではかなり積極的なのだろう。そういう若い女を中年男はけっして手放さない。

現金なもので、さっきまでは『トロそうな顔』だと思っていた彼女なのに、今は『キュートで可愛い』ように見えている。

美穂にベッドに押し倒されたような形になったおれに、脚《あし》が絡んできた。密着度は余計に高まって、女の柔らかな肉体が、ぴったりとくっついてきた。

彼女は、勃起したおれのペニスに手を触れた。無言のままの攻撃だ。

抵抗しないおれの様子を見て、黙って手をかけて、下着を一気に引き下ろしてしまった。

ペニスに、温かくて柔らかいものが触れると、ゆっくりと包みこむようにからみつき、舌の全面を使ってべろりと舐《な》めあげた。

おれもかなり場数は踏んでいるが、美穂のフェラチオは巧《うま》かった。じんとする、何とも言えない甘美な、陶然とする痺《しび》れる感覚が、股間から背筋を走りあがった。

彼女は、今度は先端の部分にだけ唇をつけて、おれの亀頭を、唇を尖《とが》らせたり緩《ゆる》めたりして刺激しながら、舌をちろちろと這《は》わせてきた。

柔らかな刺激が全身に広がっていく。まるで砂漠の砂が水を吸い込むように、その快感はおれの肉体に貪欲《どんよく》に吸収されていくのだ。

暗くて地味だった女が、今や不思議と色っぽくて妖《あや》しい女になっていた。そんな彼女の唇が、勃起しきったおれのペニスを舐め、吸い、舌が亀頭に絡んでくる。しかも、上目遣《うわめづか》いにおれを見上げ、「どう？　こんな感じ？」と言わんばかりの表情を浮かべるのだ。

と。ずっと続いた柔らかな刺激が、ふいに途絶《とだ》えた。

美穂は、自らブラを取った。

ラブホ特有の薄暗い光が、メリハリのある、迫力ある肉体に深い陰影をつくり出した。

その胸には、乳首が上を向き、しっかりとお椀型をした大きな乳房があった。

彼女は、そのままベッドに膝をつくと、おれの上に覆《おお》い被《かぶ》さってきた。

彼女がさらに、おれの豆粒のような乳首を弄《いら》ってきた、次の瞬間。おれの躰の上に、硬い乳首のコリコリした感触があり、さらに柔らかいが、弾力もある乳房が、ぶにゅうと潰《つぶ》れる感じも伝わってきた。

おれの唇にまた唇が重なった。

唇の感覚というのは独特だ。敏感で、まるで脳に直接伝わってくるような感触だ。彼女の柔らかな唇の感触が、おれの脳に達して炸烈《さくれつ》した。

完全に躰を重ねると、さらに舌を奥まで差し入れて、またディープキスだ。柔らかな軟体動物のように動くものが舌に絡まって、舌と舌同士が今にも一緒に蕩《とろ》けてしまいそうだ。

彼女の硬い乳首が、おれの乳首をかすめるように擦《こす》った。

舌の動きに合わせて、美穂はくねくねと淫《みだ》らに腰を揺らした。乳房も一緒に震えて、いっそうおれを刺激する。美穂は、こういうテクを中年男の瀬島に仕込まれたのだろうか？

しかしこのままだと、暴発しそうだ。怒張《どちょう》した敏感なペニスが、彼女の柔らかな内腿《うちもも》やパンティに擦られて、びくびくと蠢動《しゅんどう》し始めている。

彼女の躰がどんどん熱くなり、しっとりと汗ばんでくるのが判った。

すると、美穂はみずから最後に残ったパンティをするりと取った。

足首からそれを抜くポーズが、とても刺激的だった。フェロモンむんむんの女がやるのなら普通だが、美穂のような、およそ淫乱とは無縁そうな女が不意にやると、かなりの破壊力がある。

彼女はゆっくりと、おれの躰の上に乗って脚を広げ、指でおれのモノを支えると、秘裂に先端を押し当てて、じわじわと腰を落として、沈めていった。

不覚にもおれは呻《うめ》いた。熱くて柔らかくて濡れた肉の感触が、じんじんと伝わってくる。ペニスをちょっと動かすだけで、敏感な先端が彼女の内部の微妙な襞《ひだ》を感じて、まるで蕩けるようだ。

その魔法のような感覚が全身に広がっていき……躰の芯に渦巻くマグマの蓋《ふた》を、一気に取り去ってしまった。

彼女の秘部も、ぐっしょりと濡れていた。サオの部分が強く締めつけられる。温かくてぬるぬるした果肉が、ぷにょりとペニスを締めつけ、柔らかな肉襞全体がきゅっと締まった。それは、まったく予想外の感触だった。しかも、その肉襞は、波状的に緩んでは締まりを繰り返す。

彼女は、慈《いつく》しむような目でおれを見つめながら、ゆっくりと腰を使っていた。

彼女が上になっているから、腰を動かすと同時に、その見事な巨乳がゆらゆらと揺れるのがいやでも目に入る。くびれた腰がくねくねと左右に蠢くのも見える。

それを見ながら、おれは達してしまった。どうせならもっと美穂を味わいたかったが、無理だった。

躰の奥底から沸き起こった熱いマグマが一気に持ち上がり、下半身の一点に集中して流れ込んで来たのだ。その奔流があまりに強くて、身を任《まか》せざるをえない。

精液が迸《ほとばし》るなんともいえない凄《すさ》まじい快感に、おれは呑み込まれた。

熱い肉壺の奥深くに、ふたたび、びゅっと射精していた。無尽蔵に精液があると思えるほどの量と勢いだ。

全身を桜色に染めた彼女が、躰を離して、おれの側《そば》に横たわった。

「ごめんなさい……」

コトが終わってから、美穂はおれに謝《あやま》った。

「なんだか、あなたを身代わりにしてしまったみたいで」

「いや、いいんだ。こっちも愉《たの》しませてもらったから」

この稼業は半分カウンセラーみたいなところがある。時にはそれが役得にもなる。お上《かみ》の認可を取ってやっている商売でもない以上、堅いことは言いっこなしだ。

「あなたは、ちょっと瀬島さんに感じが似ているの」

それは聞き込みに行った瀬島の家の近所でも言われた。たしかに似ていないこともない。瀬島を若くしたら、というか、おれが老《ふ》けたらああなるという感じか。

「瀬島さんはご家族を大事にしてました。それだけじゃなく、とても女性にモテる人で……私以外にも誰かいるんじゃないかって思うことが時々ありました……」

家が全焼した問題の夜、急な残業を命じられ、瀬島と一緒に遅くまで仕事をして結果的にアリバイを証明することになったのも他ならぬ美穂だった。彼女が警察に証言し、タイムカードや防犯ビデオもその証言を裏付けた。

「だから、あの人本人が犯人だということはあり得ないと思いますけど……でも、前にも言ったようにあの晩、あの人は様子が変だった。それに、『一人では怖かった』……そう、あの人は言ったんですよね？」

誰もが考える『誰かに頼んで火を付けさせた』かはともかく、自分の家族にその晩、何かが起こることを瀬島が知っていた可能性は高い。

美穂は躰を起こし、決心がついた、という表情になっておれの目を覗《のぞ》き込んだ。

「これから話すことは、会社から絶対に口外無用だと言われていることなんですけれど……もしもこれで何か判ったら、私にも教えてくれますか？」

美穂は、瀬島が会社の金を横領していた、と言った。

「それって会社に損害を与える行為ですよね？　なのに上からは外部には何も言うなってお達しがあって、警察にも話していないんです」

「それは、ただ単に社内のスキャンダルを外に漏《も》らしたくないからじゃないのかな？　上司としては自分の監督責任にもなる訳だし」

「たしかに、あの上司はことなかれ主義な人なんですが……」

だが美穂は、新たな事実を口にした。

「これもこの前言わなかったことなんですけど、私のお友達が経理にいるんです。瀬島さんは『明琳《メイリン》』ってクラブに頻繁《ひんぱん》に通っていたらしくて……たぶん、そこの女の人が好きだったんじゃないかしら」

『明琳』が中国クラブだということまでは調べた、と美穂は言った。

「でも、その先は私一人ではどうにもならなくて……警察には言ってません。あの人に不利になると困るから」

彼女によれば、横領の証拠も『明琳』からの請求書も全部、上司の指示で破棄させられたらしい。

「もしもあの人が犯人だったとしたら、私なんかじゃなくて、たぶん、その人のために、火を付けさせたんだと思うんです」

あの人が好きなのはどんな女の人なのか、それが知りたい、調べてほしいのだと美穂は訴えた。

一計を案じたおれは、瀬島の服の好み、髪型、髪の色などを美穂からくわしく聞き出して、ホテルを出た。

まだるっこしいことが嫌いなおれは、瀬島が好んだと言う濃紺のスーツに同系色のシャツ、ワインレッドのネクタイに着替えて、瀬島が足繁《しげ》く通っていたという問題の中国クラブ『明琳』を訪れた。

錦糸町《きんしちょう》にあるそのクラブは、エントランスからして豪華だ。どうせ人造だろうが大理石で組まれた、「正面玄関」という言葉が似合いそうな入り口がこうこうとライトアップされて眩《まぶ》しいほどだ。床には紅い絨毯《じゅうたん》が敷かれ、ドアの向こうにはタキシードを着た黒服が立って深々と頭を下げる。

店内も、石造りの豪華な宮殿のようなインテリアで、ボーイが言うには戦前の上海《シャンハイ》租界にあった社交クラブを模したのだそうだ。

深紅を基調にした壁紙とウッド・ウォールが上品で、天井からはシャンデリアが下がっている。生バンドが入った広いフロアの一方は、ダンスが出来るように広く空《あ》いている。

中国クラブと言えばいかがわしいムード満点のところしか知らないおれは、このハイクラスぶりに、正直、驚いた。

「いらっしゃい。私、ミンホァ言います。初めてでらっしゃいますか?」

案内された席に着くと、きらびやかなチャイナドレスに身を包んだホステスがやってきた。ミンホァと名乗ったこのホステスも、若くはないが、上品に年を重ねた熟女のたおやかさと貫禄を兼ね備《そな》えていて、まあ、悪く言えば、腹の据《す》わった、一筋縄《ひとすじなわ》ではいかない雰囲気を漂わせている。

「ああ。瀬島さんの紹介でね」

「はい。ゴヒイキにしてもらってます」

日本語が達者な彼女は、頭を下げた。瀬島は相当の上客だったらしい。

「その、瀬島さんご指名のコをつけてくれる?」

「セジマさん、ウチのママがついていたヒトね。でもママは今日はまだ来てない」

ミンホァはおれをまじまじと見た。

「あなたもママが好きか? 日本人、みんなママが好きね。私、一番古くからいるから判るけど、日本人の男、みんなママが好き」

「だからママになれるんだろうけどな」

おれがそう言うと、ミンホァは言いたいことが山ほどあるらしく、身を乗り出してきた。

「それはママはキレイだしおっぱいも大きいし、アレもウマイよ。でも」

そこまで言うと、急に言いよどんだ。おれが瀬島の筋の客だと言ったから、ママの悪口を言うのは拙《まず》いと思ったのだろう。

「いいさ。おれは瀬島は知ってるけど、それほど親しいわけじゃないんだ。それに、他人の事に絡むほどヒマじゃない」

自腹でボトルを入れてフルーツやオードブルをいろいろ取ってやると、ミンホァの口もほぐれてきた。

「メイリン……ここだけの話、私、あの人、怖いね」

この店のママであるメイリンは、元は上海出身の留学生だった。最初は真面目に大学と語学学校に通って学業に励んでいたのだが、生活費が苦しくなり、中国クラブでのバイトを始めたのだという。

「私、メイリンのこと、日本に来てすぐのころから知ってるね。最初はあの子、あんなじゃなかった」

ミンホァとメイリンが最初、一緒に働いていた歌舞伎《かぶき》町の中国クラブは「連れ出しあり」……つまり売春目的の店だった。しかし、飛び抜けて美人だったメイリンはその店の看板として、特別に連れ出しナシの扱いだった。

そこに現れたのが瀬島なのだという。

「セジマさん。あなたと顔、似てる。いい男ね。それにお金持ってたし、他の男みたいにすぐホテルに誘わなかった。マメにいろんなプレゼント持ってきてくれた。日本に来て、セックス目当ての男ばかりだったから、メイリンはイチコロね。あの頃は、あの子もウブだったからね」

メイリンはほどなく、瀬島と深い関係になった。

「メイリン、真面目だから、それまで誰にもなびかなかったよ。でもセジマさん、シングルと言ってメイリンを口説《くど》いた。結婚したいって。もちろんメイリンは信じたよ。セジマさんを好きになっていたからね」

瀬島を愛し始めていたメイリンは、結婚できると信じたのだという。

「あのころのメイリン、幸せそうだったね。愛人《アイレン》が出来たって」

しかし。話はそうそう巧く展開しなかったという。その先を聞こうとしたが、突然、ミンホァは口を閉ざしてしまった。

彼女の視線を辿《たど》ると、店の入り口に物凄《ものすご》い美女が立っていた。別にスポットライトが当たっている訳でもないのに、彼女の周《まわ》りが際立《きわだ》って明るく見える。

モデルや女優も逃げ出すほどの美貌は、彫りの深いクッキリした造作《ぞうさく》で、その美しさには近寄り難《がた》いほどの凄みすらあった。

躰に貼りついたようにボディラインをそのまま見せているチャイナ・ドレスは、太腿の付け根までスリットが入っていて、彼女は下着をつけていないようにしか見えない。

彼女がメイリンなのは、周囲の反応で明らかだ。客の男たち全員が、熱い眼差《まなざ》しで彼女を見つめているのだ。

メイリンはフロアを回って来店の挨拶《あいさつ》をし始めたが、おれと目が合った瞬間、ぎくっとして表情がこわばった。

他の客と談笑して、こっちには来ないつもりかと思っていたが、逃げない性格なのか、メイリンはやってきた。

「いらっしゃいませ」

営業用の微笑を浮かべているが、その目は笑っていない。なにより全身が身構えて、殺気すら漂っている。

「あなた、私が知っていた人に似ています」

そう言うメイリンの表情は、硬い。懐かしさなどではなく、憎しみすら感じられる。

「その人にもう二度と逢うことはないのです」

それだけ言って立ち去ろうとした。

「ママ。外でゆっくり話す時間はないかな？」

おれが彼女の手を摑《つか》んで引き止めると、メイリンは氷のように微笑みながら丁寧《ていねい》に手をふりほどき、「私は、同伴もアフターもダメです」と、やんわりと断わって、他の席に行ってしまった。その時。

店の片隅に、目つきの鋭い細身の男が立っていて、おれを睨んでいるのに気がついた。一見して堅気《かたぎ》ではなく、日本人でもない。

メイリンが他の客と明るく談笑し始めたところで、その男はさっと姿を消した。

「あの男は店の用心棒か？」

古い日活《にっかつ》映画に出てくるような男の様子が気になって、ミンホァに聞いてみた。

「あの人、李《リー》という男。蛇頭《スネークヘッド》の大物。みんな知ってるし、知らなくても薄々は感づいてるね」

ミンホァは、イヤなモノを見てしまったという表情をありありと浮かべている。

「メイリン、今はあの李の女。あの人、とてもとても嫉妬深い。メイリンから絶対、目を離さない。メイリン最初はずいぶん嫌がって、あの人から逃げてた。でもある日、突然、李の女になっていたね」

「なにがあった？　たとえばメイリンが不法残留で、弱みを握られているとか」

「ノー。メイリンはその時には正規の在留資格を取ってた。書類も揃ってた。たぶん、セジマさんのお金で。でも……。」

ミンホァはそこまで言うと、わざとらしく「是《シ》」と返事をして立ち上がり、どこかに行ってしまった。誰も呼んでいないのに。

これ以上聞き出すことは無理か。

おれは勘定《かんじよう》を済ませて店を出た。

すると、うしろから足音がした。さっきの男がおれに狙いをつけてきたのかと身構えて振り返ると、そこにはメイリンがチャイナドレスのまま立っていた。意外だった。

「あなた忘れ物」

渡されたのは鍵だ。

「ここの、ビルの屋上」

上を指さし、それだけ囁《ささや》くように言うと、身を翻《ひるがえ》して去っていった。

やはり、店では話せないことがあったのか。

渡された鍵でビルの屋上に出る扉を開き、言われたとおりに待った。いい加減待って、かなり寒くもなり、すっぽかされたと判断して帰ろうとした時。ようやく非常階段からメイリンが姿を現した。

「私を抱いて！」

彼女はいきなりチャイナドレスの裾をまくり上げた。

やはり、下着は着けていなかった。近隣のネオンが、彼女の色白の女体を妖しく照らし出した。

恥毛が濃い女は情けも厚いと聞くが、メイリンのそれも、かなり濃かった。

「さあ。私、あまり時間がない」

そういうと屋上の手すりにつかまって、剝《む》き出しの臀部《でんぶ》を突きだした。

秘部からは淫靡《いんび》な香りがぷんと匂い立った。

「これは、口封じかなにかか？」

理由もないのに女は躰を投げ出しはしない。

「おれにヤラせるから一切《いっさい》を忘れろとか」

「あなた、あの人に似ている……匂いまでが。殺したい男。でも殺せなかった。忘れたかった。でも躰が忘れない」

彼女の陰毛は、すでに淫液でてらてらと光っている。

「来て。あなたのモノが欲しい」

有無を言わせない、狂おしい物言いだった。

「……ああ、そうね。私だけ準備ＯＫでもアナタがダメね」

メイリンはおれに向き直ると、服を脱がせにかかった。ベルトを外して下半身だけ脱がせると、待ち兼ねたようにおれの肉棒に食い付いてきた。まるでおれが瀬島の身代わりで、奴への復讐のためにペニスを食い千切《ちぎ》ろうとするかのような勢いだった。

が、メイリンはおれのものにねっとりと舌を巻き付けてきただけだった。タイトなチャイナドレスに包まれた彼女の腰は、欲情のあまりか、舌に合わせてゆらゆら揺れている。

まるで赤ん坊が乳を吸うように、女はおれのモノをちゅうちゅうと無心に吸った。

大きくなってきたところで、亀頭にぞろりと舌を這わせ、包み込むように絡ませてくる。

そのあまりの巧みさに、メイリンが瀬島を夢中にさせた理由が判ったような気がした。いや、その逆で、ウブだった彼女を、瀬島が自分好みの女に調教した結果なのかもしれない。

唇をすぼめてサオをしごきあげるメイリンの表情は、何とも色っぽい。男のモノをしゃぶるのが無上の快楽のような、喜悦に染め上げられた表情だ。

おれはフェラチオされながら、ドレス越しに彼女の盛り上がった乳房を思いきり摑んだ。

「ふむむむ」

おれのものを口に含みながら、メイリンは身をよじった。手の中で彼女の双丘はぐにゃりと歪み、肉ははちきれそうになっている。ただ、タイトなドレスはそれ以上の自由を許さない。

しだいに、おれの躰の奥深くから、熱いものが込み上げてきた。

「もう大丈夫ね。入れて。お願い」

おれは何も言わずにメイリンを立たせ、後ろから挿入した。

おれのものが入っていくだけで、女は全身をぶるぶると震わせた。

「ああ……いい……。女の躰と心、まるで別の生き物ね。あの男……憎いのに」

おれは肉棒を彼女の中で乱暴に突き動かし、こね回した。そのたびにメイリンはいやいやをするように激しく首を振った。

「あ。いい。いい……もっと中を掻《か》き乱してっ！　奥の奥まで突きまくってほしい！」

彼女の淫らな肉襞は、くいくいとおれのペニスを締めてきた。男を蕩かせる淫襞が、敏感な先端に絡んできた。

「ああ、もっと、もっとよ！」

メイリンは、何かを吹っ切るためか、わざとおれ相手に激しいセックスをせがんでいる。美穂といい、このメイリンといい、おれを身代わりのように使っているが、文句を言う筋合いではない。嫌いなことをしている訳でもないし。

どうせならおれもサービス精神を発揮してやろうと、彼女の片足を摑んでぐいと引っ張りあげ、その分深く突き入れてやった。

「ふああああ。す、凄《すご》い……奥まで入ってくるよ……」

彼女は、腕で躰を支えながら呻いた。

「これでどうだ？　感じるだろう」

おれがメイリンの秘腔を思い切り突き上げては引き、また反動をつけて突き上げると、彼女の襞もおれのモノに絡み付いてくる。

彼女は全身をよじらせて悶《もだ》え、ピストンの際に秘壺から溢れ出て来る淫液が、内腿を伝わり落ちて、屋上の床のコンクリートに吸い込まれて行った。

メイリンは息も絶え絶えでアクメの寸前だった。

このタイミングなら何でも聞き出せそうだったが、おれはあえてそれをしなかった。

ひたすらラストスパートを猛然とかけた。

彼女はうわ言のようにあうあうと言うばかりで恍惚《こうこつ》とし、そのまま絶頂に突き進んだ。嵐のような交わりが終わった。

メイリンは、解脱《げだつ》したように全身から力が抜けて、その場にへたり込んだ。

「ここでのこと、誰にも言っては駄目。言ったらあなた、殺されるよ」

片膝立てておれに向き直った彼女の内腿には、龍らしき刺青《いれずみ》があった。チャイナドレスのスリットからは見えない位置に彫られた刻印の意味は、おれにも判る。

「私、普通の女じゃないね」

「その、普通の女じゃないアンタが、嘘《うそ》をついてアンタを玩《もてあそ》んだ瀬島の妻子を殺させたのか？」

「私は、それ、知らない」

「まあ、瀬島が、アンタと一緒になるために、手っ取り早く家族を始末したのかもしれないがな」

「それはないね。あの人は結局、家族を一番大事にしてた」

思わずそう言ったメイリンに動揺が見えた。すかさずおれは攻勢に出た。

「瀬島の妻子が焼け死んだ夜だが、燃えさかる家の中から物凄い悲鳴が聞こえたらしい。火に巻かれて逃げ場を失って、生きながら焼き殺されるのは、苦しいだろうな」

それを聞いたメイリンの表情は、一瞬、歪んだ。しかしすぐに感情を隠し、能面のような顔と、硬い声で彼女は言った。

「女は付き合う男で決まる。悪い男の家族、不幸になる。大事なもののある人間、約束を守る。これ中国では当たり前のこと。でも日本人、それが判っていない」

独身と偽《いつわ》ってメイリンと付き合った瀬島に起こったことの真相が、うすうす判ってきた。

彼女は、問わず語りに瀬島と李とのいきさつを話し出した。

メイリンは、日本に来てからずっと言い寄ってきていた李を、裏社会に通じる人物だとして気味悪がって拒否し続けており、なにより瀬島を信じて、彼との結婚の約束を疑いもしなかった。しかし、瀬島には実は妻子があることが判り、離婚すると言い訳しながらもいつまでも別れないことに逆上し、絶望し、他に相談する相手もいないので、李に涙ながらに何もかも打ち明けたのだという。

「判った、お前の気の済むようにしてやる、と李は言ってくれたよ。そのすぐあとに」

瀬島の家が火事になり妻子が焼死したのは、メイリンが李と話をした、わずか一週間後のことだったという。

「テレビを見て、私、驚いて李に聞いたよ。アレはあなたがやったのかって。李は黙って笑っていただけだよ」

近くの蒼いネオンの光を浴びて、彼女の顔色も青白く染まっている。

「だが、肝心の瀬島が生き残ったのは偶然か？　それとも李がミスったのか？」

それはどうやら愚問だったようだ。メイリンは、おれをバカにしたような笑みを浮かべた。それまでは小娘《こむすめ》時代の片鱗《へんりん》をうかがわせ、怯えているようにも見えたメイリンだが、すでに立ち直って、海千山千《うみせんやません》の中国クラブのママの顔になっていた。

「命と同じくらい大事なもの。それは家と財産。命より大事なもの。それは子供ね。復讐するなら相手の、一番大事なものを奪う。それが私たち中国人の遣《や》り方」

大きく見開いたメイリンの瞳には、憎しみが宿っている。今の彼女には、どんなことを言っても無駄だと、おれは悟った。

父親の愚行のために、燃えさかる業火《ごうか》の中で焼け死んだ子供たちには何の罪もない、とせめて言ってやりたかったが、それもやめた。言葉にしてメイリンに鼻先で笑い飛ばされたのでは子供たちの魂《たましい》もますます浮かばれまい。関係のないおれといえども腹が立つ。

『同文同種』というが、同じような顔をして、同じようなモノを食べ、同じ文字を使い、海を隔《へだ》てているとはいえ近くにある国の人間ではあっても、相手は日本人ではない。肌の色が違って文化もまるっきり異《こと》なれば、似た者同士という甘えも油断も生じないだろう。しかし今まで、生活の中で外国人と丁々発止《ちょうちょうはっし》の付き合いをしてこなかった普通の日本人は、相手がまったくの異文化の住人であることを、本当には理解していない。だから、日本人の嫁が来ない田舎《いなか》で、軽い気持ちで国際結婚をした結果、思わぬ悲劇につながるケースがあるのだが、今ここで日本人の経験値のなさを問題にしても仕方がない。おれ自身、外国人と充分に渡り合える自信はないのだ。

メイリンは、一歩も引かないぞと言うように、おれの目を睨み、真正面からじっと見据《す》えていた。

その週末。

「瀬島にはやはり、君のほかにも女がいた。たぶん、あの火事もそれが原因だ。女に逢ってはみたが、厚い壁を感じたよ。いろいろな意味で『コトバが通じる』相手じゃなかった」

おれは美穂に、瀬島の一家の墓参りに行く道すがら、結果報告をした。

「おれには学がないから難しいことは判らないけど、日本人同士が和気あいあいとやってきた時代は終わったってことだろ。まるで違う考え方をする人間がやってきてるんだからな」

瀬島本人は、今も姿を見せないままだ。多分、李の力に怯え切っているのだろう。この墓も、瀬島以外の親族が建てたものだ。マスコミで事件を知った見ず知らずの人たちも、母子に同情して墓に詣でているらしい。

たしかに、墓前には色とりどりの花が供《そな》えられ、線香の煙がたなびいていた。買ってきた花を生けようとしたところで気がついた。墓前に月餅《げっぺい》と紹興酒《しょうこうしゅ》の小さなボトルがある。小さな子供が喜びそうな、菓子のパッケージも供えられている。手に取ってみると、菓子の箱に印刷されているのは、中国語だった。

あの時は、謝罪の言葉どころか、瀬島の家族など滅《ほろ》ぼされて当然のように言っていたメイリンだが、内心はそうでもなかったのか。

ささくれ立った心が幾分《いくぶん》、落ち着くのを感じながらおれは瞑目《めいもく》し、墓前に手を合わせた。

女体とて一個の肉塊にすぎない

森　奈津子

著者・森《もり》　奈津子《なつこ》

東京生まれ。立教大学卒業。一九九二年に少女小説『お嬢さまとお呼び！』でデビュー、九〇年代後半からは一般文芸にも進出。性愛を核に異端を軽やかに描き、現代物からＳＦ、ホラーと様々なジャンルを手がけ、熱狂的な支持を得る。『からくりアンモラル』『西城秀樹のおかげです』『電脳娼婦』『先輩と私』など長短篇を数多く発表している。

この世に生まれて十五年。先月、初めて、ぼくは愛の告白をした。

それに対し、彼女――三年一組の朋美《ともみ》さんは、こうこたえた。

「ごめんなさい。あたし、吉沢《よしざわ》君のこと、そういうふうに見られないの。友達からじゃ、だめかな?」

そして、彼女に潤《うる》んだ瞳で見つめられた瞬間、ぼくは覚《さと》ったのだ。実は彼女も、ぼくを愛しているのだが、恋愛が勉学に及ぼす悪影響を理解している聡明な彼女は、成績優秀なぼくが栄光へと続く道を踏み外してしまうことを危惧《きぐ》し、断腸《だんちょう》の思いであえてぼくを拒絶したのだ、と。

ああ、朋美さん! きみはぼくを正しい道へと導《みちび》いてくれたのだね! 加えてきみは、ぼくと友達になりたいと言ってくれた。わかったよ。ぼくたちは、清らかな友情をはぐくもうじゃないか。でも、それは、きみとぼくが学区内一の進学校・県立馬越《うまごえ》高校に進学した後に友情が愛情へと変化してゆくというシナリオを前提としているんだね。

――と、ここまでぼくの独白を聞いた人々の多くは、「自分の都合のいいことばかりほざくな、バカ」と思われたことだろう。

しかし、ご安心いただきたい。事実、ぼくは、朋美さんに愛されるだけの資格を有した男なのだ。

先日の県内模試で、ぼくの成績は一位だった。つまり、県内の中学三年生の中で、ぼくが一番成績優秀だったのだ！

このランクをあと三年もキープすれば、東大合格は確実。今やエリートとしての将来が保証されたのだと言っても、過言ではないだろう。世の女性があこがれてやまない、高収入の若きエリートに！

「男の価値は、学歴でも収入でも測《はか》れない」

そう言う奴にかぎって高学歴でも高収入でもないことは、まあ置いとくとして、確かに男の価値は学歴や収入で測れるほど単純ではないが、しかし、女性が、高学歴かつ高収入の男性を生涯のパートナーに望む傾向があることは、否定しようがない事実だ。

朋美さん、安心して待っていてくれ。ぼくにはきみを幸せにする自信も能力もバッチリあるのだから。

＊

「吉沢。今日の放課後、つきあって」

休み時間、同じクラスのカンナに小声で告げられたとき、ぼくは正直、警戒した。

「つきあって、って……なににつきあえばいいんだよ」

「それは、あとで相談させて。とりあえず、放課後、サツキ公園の北門で待ってるから」

それだけ言って、カンナは小走りで去っていった。赤茶色の髪がパタパタ揺れて、教室の外に消える。

カンナの髪は、小学六年生のときからあんな色だ。染めているにちがいないのだが、それを咎《とが》めた担任教師に、彼女は「あたし、おじいちゃんがアメリカ人だから、急に赤毛になっちゃったんです」などと弁解した。カンナが小学校にあがる前に両親は離婚し、以来、彼女は父親と二人暮らしなのだが、母親がハーフだったというのである。

あからさまな嘘《うそ》にあきれた担任は、カンナの父親にそれを報告したが、父親も「確かに別れた妻の父はアメリカ人です」とこたえ、どうもそれは本当らしいのだが、でも、一夜のうちに髪全体の色が変わるなんて、ありえないだろう。

保護者が「娘は髪を染めてない」と主張するのだから、結局、担任教師は引き下がらざるをえなかった。つまり、カンナの家は、父娘《おやこ》そろっておかしいのだ。

それだけではない。カンナは体の成熟が早かったくせに、なかなかブラジャーを着用しようとせず、よく男子にからかわれていたのだが、まったく意に介さない様子だった。羞恥心というものに欠けているのか、あるいは、エロかっこいいつもりだったのか。

だが、中二に進級するときには、ついに保健体育の女性教師にともなわれて、デパートに下着を買いにいったらしい。その現場を目撃した女子が、そう言いふらしていた。

そんな性的なだらしなさゆえに、早くも中一の夏には三年の不良に目をつけられ、あ、つまり、適当に遊ばれてしまったらしい。その後、すったもんだの揚《あ》げ句《く》、カンナは調理実習室の包丁を持ち出し、その元カレを追いかけまわし、大騒ぎを起こしてくれた。

もちろん、陳腐《ちんぷ》な修羅場を見せつけられた多くの生徒たちは、恋愛に対する夢をぶち壊しにされた。

カンナはいわば校内の疫病神《やくびょうがみ》なのである。

そんな彼女が、ぼくを呼び出した。

一体、なんなのだろう。十カ月後に高校受験をひかえ、焦《あせ》りが出てきて、ぼくに教えを乞《こ》おうというつもりか？　だったら、まあ、定期試験のヤマを教えてやったり、塾や通信教育のテキストを見せてあげるぐらいはいいが、家庭教師はごめんだな。

などと考えつつ、そのまま隣のクラスの前を通ってトイレに行こうとしたときだ。

「吉沢ってさー」

自分の名を女子の一人が口にするのを聞いた瞬間、ぼくは耳に全神経を集中させていた。

「黙って立ってるだけでも、チョー、キモいよな」

そして、複数の下品な笑い声。

胃のあたりが冷たく固まる。ぼくは自分が傷ついていることに気づき、そして、おのれの弱さをあざ笑った。

「朋美、あんたさ、吉沢にコクられたって言ってたじゃん。あれ、大丈夫だったの？」

なに？　朋美さんも、この下品な女どもと交流があるのか？　しかも、ぼくの告白のことを奴らに喋《しゃべ》っていたなんて！

「まあ、適度にごまかしといたけどね。『友達からじゃ、だめかな？』とか言って」

「わー、チョー優しーい」

「優しいわけじゃないわよ。ああいう思い込みが激しいタイプって、怒らせると怖《こわ》いじゃない」

「わかる、わかる。あいつ、友達いないから、絶対、朋美がお友達第一号だよ。ひょっとしたら、これからもずっと、つきまとわれたりして」

「やだぁ。やめてよ」

「もっとガツンと言ってやりなよ。でないと、よけいにつけあがるよ。あいつ、見るからにストーカー予備軍じゃん」

「じゃあ、『キモいから寄るな』とでも言えばよかったの？」

「そうそう」

「『この蛆虫《うじむし》、さっさと死ね』とか？」

「わー、朋美、きっつーい。でも、そこまで言ってやったら、気持ちいいだろうねー」

ぼくは知らず知らずのうちに駆け出していた。

けれど、どうして、ぼくが逃げる必要がある？　教室に踏み込んで、あのバカ女たちに言ってやればいいじゃないか。「きみたちは成績優秀なぼくに嫉妬しているだけだ！」と。「朋美さん、きみには幻滅したよ！　きみのように性格の悪い女は、ぼくにはふさわしくない！」と。

ぼくは、なぜ、階段を駆けあがり、屋上に続く踊り場に隠れている？　そして、どうして泣いているんだ？

もっとプラス思考にならなくてはだめじゃないか！　朋美さんが思いやりに欠けたバカ女だって判明して、よかったじゃないか！　群れて男子の悪口を言うような程度の低い女どもに嫌われて、スッキリしたじゃないか！

ああ、だけど……だけど、理性がぼくにささやく。おまえは女の子たちに気持ち悪がられている。それどころか、同性の友達さえいない。おまえは顔が不細工であるうえ、性格にも他人を惹《ひ》きつけるものがなく、日頃から場の空気を読むことが苦手で、その結果、常に挙動不審だからだ。確かに勉強はできるかもしれないが、リーダーシップや協調性には著《いちじる》しく欠け、運動音痴《おんち》で、芸術的才能も皆無《かいむ》、友人を楽しませるような知識や話術も持たない。

わかっている。わかっているさ、そんなこと！

だから、ぼくは自分の長所である学力を伸ばし、プラス思考で自分を奮《ふる》い立たせているんじゃないか！　それの、どこが悪い？

ぼくは合理的で前向きな人間なんだ。自分を勇気づけるためなら、一部の現実から目をそむけることさえ厭《いと》わない、潔《いさぎよ》い男なんだ！

だから、たまには泣いたって、いいじゃないか……。

＊

思い切り泣いてわかったこと。それは、恋愛などバカらしいということだ。なにしろ、恋愛は勉学の妨《さまた》げになるし、精神的に傷つくリスクが高すぎる。

なんで、自分より頭が悪い女どもに振りまわされて、奴らの顔色をうかがわなくちゃならないんだ。

男子たるもの、十代のうちは童貞を貫《つらぬ》き、勉学にいそしみ、おのれを磨くべきなのだ。性欲など、自慰で解消すればいいではないか。ぼくはもてないわけではない。最初から女など必要としない、一匹狼なのだ。

ぼくは自分自身に誓おう。十代の間はなにがなんでもセックスしない、と。仮にものすごい美女に誘われても、だ。

酒と煙草とセックスと選挙は、二十歳を過ぎてからだ！

学校に隣接するサツキ公園の北門に立ち、カンナを待っている間にも、ぼくは思考する。

時折、目の前を通り過ぎてゆく、紺色のプリーツスカートを穿《は》いた生物。あいつらがいかに男たちの目を惹く姿をしていたとて、ぼくにはなんの意味もない。

あれらは、一個の肉塊《にくかい》でしかない。利用価値があるとすれば、ぼくの脳内に奴らの姿を記憶として留《とど》め、自慰行為のオカズとするぐらいだ。

ざまあみろ、女ども。

やがて、そんな肉塊のひとつにすぎないカンナがやって来て、短く言った。

「待たせてごめん。悪いけど、一緒に来て」

一体、なんの用なんだよ？——その問いを、ぼくは呑《の》み込んだ。カンナはあえて多くを語らず、ぼくの好奇心を掻《か》きたてようとしているにちがいない。その手に乗ってなるものか。

ついて行ってやってもいいが、ぼくは気が変わったらすぐにでもおまえから離れて自宅に向かうからな。

カンナは住宅街を外れ、田畑が広がり農家が点在する地域へと入っていった。水路沿《ぞ》いには、県営住宅なのか市営住宅なのか、同じ形の古い木造家屋が並んでいる。

「ここ、あたしのうち」

木造家屋の一軒に向かうと、カンナはドアの鍵穴に鍵を突っ込んだ。

ドアが開くと、すぐそこは台所だった。

「あがって」

なぜかカンナは肩で息をしている。

ぼくは、カンナにまつわるエピソードを思い出した。包丁を手に、別れた彼氏を追いかけたという、あの逸話《いつわ》を。

やばい。逃げるか？　けれど、明日には学校で顔を合わせることになる。ここは従順にふるまっておいて、最終的には穏便《おんびん》に帰してもらったほうがよさそうだ。

ぼくは導《みちび》かれるままに、台所に接した茶の間らしき部屋に入った。

なにやら雑然とした六畳間だ。家具は安物の合板製ばかりで、上には雑誌やら封を切った手紙やら書類やらがうずたかく積んである。畳の上には男物のトレーナーが脱ぎ捨ててあり、枯れた観葉植物の鉢も放置。プラスチック製の押し入れ用衣装ケースが壁際に積まれているのも、殺伐《さつばつ》としたものを感じさせる。

座布団を勧《すす》められ、ぼくは座卓に向かって座った。

カンナはすぐ横に膝をつくと、ぼくをひたと見つめて言った。

「ねえ。なんであたしが吉沢をここに呼んだのか、わかる？」

「いや」

ほのかないい香りが、ぼくの鼻をくすぐる。化粧水かなにかの匂いか。

「実はね、吉沢には、あたしとセックスしてほしいの」

「はぁ？」

やばい。こいつ、やっぱり、おかしい。

「ねえ。お願い。あたしとセックスして。体だけの関係でいいの」

「で、でもっ……」

ぼくはかっこ悪くない言い訳を探し、それを口にした。

「きみが妊娠したら困るよ」

「大丈夫。生理は終わったばかりだから、排卵日まではまだ何日もある。コンドームだって、ちゃんと用意してあるから」

「だ、だめだよっ。もっと、自分を大切にしろよっ」

っていうか、ぼくは十代の間は童貞を守ることを自分に誓ったばかりなんだ。面妖《めんよう》な誘惑で邪魔しないでくれ！

「ねえっ。あたし、ずっとセックスしてないの。正直、飢《う》えてるの」

って、おまえはどこのエロ漫画の登場人物だよっ？

「ねえっ。やらせてよっ。いいでしょ。減るもんじゃなし」

「で、でもさ、きみはぼくのことが好きなわけじゃないだろっ？」

「好きでなくちゃ、セックスしちゃいけないの？　そんなの、おかしいよ。セックスは、したいからするものでしょ」

「ま、まあ、そうかもしれないけど……今日のところは、やめておこうよ。ゆっくり考えさせてよ」

「じゃあ、あたしの体を見てから、判断して」

立ちあがるなり、カンナはブレザーを脱ぎ、畳の上に放り投げ、スカートのホックを外すと、それも無造作に脱ぎ捨てた。すらりと長い色白の脚《あし》が、ぼくの目をくぎづけにする。視線を上にずらせば、白い下着にほんのりと透ける翳《かげ》が……。

いかん。ぼくの敏感なジュニアに血液が集まりはじめた。

ここはストップだ、ジュニア！　母親の顔を思い出せ！　いや、父親のほうがいいか？　ええい、両親セットで思い出そう。とにかく今は、なにがなんでも萎《な》えねばならぬ！

ぼくがジュニアを制御せんと悪戦苦闘している間に、カンナはタイを外し、シャツを脱ぎ、下着も脱ぎ、つまりは全裸になっていたのだ。あわわわ……。

見てはいかんと思うのだが、視線を外すことができない。中学生とは思えないほど立派に盛りあがった胸、薄紅色の乳首、腰はいい具合にくびれ、そして、燃え立つような形の茂み。

ジュニアがトランクスの中で存在を主張している。女体を求めて猛《たけ》り狂っている。まさに小さな野獣だ。

「ねえっ。吉沢っ」

カンナは泣き出しそうな目で、ぼくを見つめる。ほんのりと緑がかった茶色い虹彩は、やはり、母方の祖父の血ゆえなのだろうか。

「お願い。あたしのここも見て」

カンナは両脚を大きく開いた。

ああ、やっぱり、こいつ、すごいバカ女だ。いや、頭がおかしいんだ。そう思うのに、ぼくはそこに目を移してしまう。

女性器なんぞは、ネットのエロ画像で見慣れている。けれど、肉眼で本物を見るのは初めてで、ぼくの眼球は完全にカンナに操《あやつ》られてしまっている。

しかし、まあ、見るぐらいは、いいかな……。

「あたしのここ、こんなふうになってるの」

長い指が茂みの奥の襞《ひだ》を開いた。ハッとするほど鮮《あざ》やかなピンク色が、ぼくの網膜に突き刺さる。

ぼくと目が合うと、カンナは身悶《みもだ》えした。

「い、いやっ。恥ずかしい。見ないで」

って、おまえが見せてるんじゃないかよっ。

「吉沢が見つめるから、濡れてきちゃった」

カンナの指がうねうねと動くと、そこはクチュクチュといやらしい音を立てる。ああ、いかん、ジュニアが……。

「ねえっ。あたしのこと、淫乱なメス豚だって思うでしょっ?」

「思ってないよ」

バカ女だとは思ってるけど。

「もっと脚おっ広《びろ》げて見せろよ、この肉便器──って、心の中であたしに言ってるんでしょ?」

なんで、このぼくがそんな安っぽいSM小説みたいなことを考えなくちゃいけない?

あきれてなんの反応もできないまま沈黙を保っていると、いきなりカンナはぼくの腰のあたりにすがりついてきた。

「見せてっ。吉沢のも、見せてよっ」

ジッパーが下ろされる。あわててカンナを引きはがそうとしたが、彼女がぼくの可憐《かれん》なジュニアを引っぱり出すほうが早かった。彼女の指の感触は、ジュニアの側面に刻印のように残った。

「勃《た》ってる。興奮してるんだ」

「こ、こんなのは生理的な反応にすぎないっ。ぼくは頭では拒絶してるんだっ。セックスなんて面倒なことは、ごめんだっ」

「じゃあ、舐めさせて。あたしにフェラチオさせてから、セックスするかどうか判断して。これなら妊娠しないから、大丈夫」

「問題は、妊娠するかどうかじゃない！　とにかく、ぼくは女とはかかわりたくないんだっ」

カンナはこたえることなく、ジュニアにむしゃぶりついた。

温かく濡れたものに包まれ、ぼくは思わず声をあげてしまった。甘い感覚に、とろけてしまいそうだ。

「や、やめろっ」

ぼくはカンナの頭に手をかけたが、とたんに強く吸われて、力が抜けてしまう。

カンナが唇をすぼめ、ジュニアの根元を快く締めつける。その間に、舌は表面を撫《な》でるようにめまぐるしく動く。

だめだ。こいつ、慣れている。ぼくはいわば、飢えた狼に追いつめられてしまったかよわい子羊なのだ。

ああ、味わったことのない強烈な刺激に、頭がクラクラする……。

カンナはジュニアの頭部をこするように舐め、いきなり尖《とが》らせた舌先で先端の孔《あな》を刺激し、そのまま尿道に侵入しようとするかのように攻めてきた。

「だ、だめだよっ」

ぼくは弱々しい声をあげつつ、カンナを見おろした。

なめらかな白い背中が動いている。彼女の右手は自分の性の部分を刺激し、左手は胸を揉《も》みしだいている。ぼくのものを含んだ口からは、時折、「んっ。んっ」と切なげなうめきが洩れる。いかん。エロすぎる。

崖っぷちに立たされた気分で、ぼくは断言した。

「こ、こ、これは、オーラル・セックスなんかじゃないからなっ。ぼくはおまえの口を利用してオナニーに及んでいるだけなんだっ」

それに共感してくれたのか、あるいは反論のつもりかはわからないが、舌先は裏側へと移動し、それから筋をなぞるように刺激しはじめた。敏感な部分から、おそろしく巧《たく》みに快感を引き出し、ぼくを翻弄《ほんろう》する。

女の子の口に自分のブツが含まれているという状況そのものだけでも刺激が強いのに、天にも昇るような快感がともなうのだから、たまらない。

限界近くまで追い立てられて、ぼくはせめてもの抵抗とばかりにカンナに告げる。

「ぼくはセックスなんてしないからな。不良がセックスばかりしてるのは、なんでだかわかるか？　セックスは、バカにでもできる簡単なことだからだ。成績優秀なぼくが、そんなお遊戯みたいなことをしなくちゃならないなんて、おかしいだろ？」

ハハハと笑い声を立ててみたが、下半身の快感に引きずられて変な声になってしまう。

やばい。本当に本当の限界だ。

「カンナ、もう、やめよう。出ちゃいそうだよ」

言ったとたんに、カンナの口からスルリと解放された。ちょっと残念な気もしたが、助かったという思いのほうがずっと強かった。

しかし、ぼくが解放されることはなかった。どこに隠し持っていたのか、気づいたらカンナの手にはコンドームのパッケージがあったのだ。

目を潤ませつつ、彼女はそれを破き、中身を取り出すと、慣れた手つきでぼくのジュニアにかぶせた。

「オナニーするなら、あたしの下半身も使って」

肩をつかまれて畳の上に押し倒されたかと思ったら、カンナがぼくにまたがってきた。すかさず彼女は粘膜におおわれた器官を、ジュニアに押しつける。

「あっ……。ああっ！」

「大丈夫だよ、吉沢。これはオナニーなんだから。吉沢は、あたしの膣《ちつ》を使ってオナニーしてるだけ。ね？」

カンナが同意を求めてきたときには、ぼくは根元まで彼女の熱い部分に呑み込まれていた。

全体がほどよい圧力で締めつけられる。口に含まれたときには繊細なテクニックに翻弄《ほんろう》されたが、今度はもっとダイナミックな刺激がぼくを包んでいた。

カンナが体を動かしはじめる。

ジュニアが大胆にこすられる。生み出される快感に、ぼくは声をあげた。この時間が永遠に続けばいいのに！

けれど、すぐさまぼくは、カンナの中に――いや、コンドームの中に、放ってしまったのだった。

出すものを出したとたん、ぼくの頭はクリアになった。

つい数十秒前にはカンナに乗られて乱れていた自分が恥ずかしく、ぼくは彼女に念を押す。

「勘違いするなよ。これはオナニーだからなっ。ぼくにとって、おまえは女の子じゃない。単なるオナホールだっ」

すると、カンナはニヤリと笑ってこたえた。

「わかってるって。あたしにとっても、吉沢は単なるバイブかディルドだからな」

*

それからも、時折、カンナはぼくを誘った。

だいたい週に一度のペースだろうか。この程度なら、週二回の塾と通信教育の課題で忙しいぼくでも、応じることはできた。

ただ、カンナに刺激されてか、自宅での自慰の回数が増えてしまったのには、閉口している。それでも、射精後には身も心もスッキリし、ベッドから机の前に戻ることができるので、たいしたダメージにはなっていないのだが。

オナニーはセックスとは違い、勉学のさまたげにはならない。それはストレスを解消し、明日への活力を引き出すのである。

毎回サツキ公園で待ち合わせするというのも、人目が気になるので、今では別々にカンナの家に行くことにしている。ぼくが先に着いてしまったときには、近所の水路脇で彼女を待つのだ。

現実というものは、受け手によって変化する。

たとえば、数人の女の子がぼくのほうを見て、笑いあっているとしよう。ぼくが楽観的で自信に満ちた人間であれば「彼女らはぼくのことが気になるんだろう。ひょっとしたら、中の一人がぼくに気があって、ほかの子たちはその子を冷やかしているのかもしれない」と解釈し、いい気持ちになれるだろう。けれど、ぼくが悲観的な人間であれば、「あの子たちはぼくの悪口を言って、あざ笑っているにちがいない」と決めつけ、不快な気分になってしまうことだろう。

だから、ぼくとカンナの性器結合という現実を、ぼくが自慰行為と解釈しても、なんら不自然ではないはずだ。

加えてぼくは、おのれの性器をカンナの性器に挿入したことがあるからといって、それを誇るような青臭いことはしたくないのである。

世の少年たちは——時には少女も——性経験があることを自慢し、未経験の者を見下《みくだ》す。そして、つい先日まで、ぼくは蔑視《べっし》される側におり、同時に蔑視する側を軽蔑し返し、おのれのプライドを保ってきたのだ。

よって、ぼくは、自分の性器が挿入を経験したからといって、それを誇り、未経験の男性器およびその持ち主に優越感をいだく側には、まわりたくないのだ。過去におのれを見下していた陣営になんかに、そう易々《やすやす》と入ってたまるかというのである。

当然、ぼくたちは「好き」だの「愛してる」だのといった安易な言葉を口にしたこともない。相手の容姿や性格をほめることも皆無だ。ただ、よりよい快感を得るために、行為の最中に気持ちいいと感じたら、それを相手に告げることはある。

また、だんだんとカンナは、ぼくに注文をつけるようになっていった。ここを舐めろ、あそこを揉め、もっと奥まで、もっとゆっくり、もっと激しく……。

うるさいなぁと思いながらも、ぼくは素直にそれに従った。将来、本気で女性と愛しあうときには、それは大いに役立つにちがいないからだ。

それと、最近ぼくは、カンナのことを単なるバカ女だとは思えなくなっている。彼女はただ自堕落《じだらく》にセックスにおぼれていたわけではなかったのだ。

たとえば、包丁振りかざして元カレを追い回した過去の自分を、彼女はこう分析している。

「性的飢餓感と嫉妬と独占欲が一緒くたになると、最悪だよ。被害者意識と自己憐憫《れんびん》のかたまりみたいになって、こんなに自分を苦しめる相手も相応の目に遭《あ》うべきだって信じちゃって、そこから思考が離れなくなっちゃうんだ。あたしはそれで、自分の中に狂気の素がひそんでいることを知ったよ。だから、あの日から、セックスに対してかなり臆病になったもんだよ」

このように、カンナは快楽に流されつつも、自らを省《かえり》みては、性的なことについて考察を深めてきたのだ。

　ぼくは、彼女が性を語るのが嫌いではない。いや、むしろそれを楽しんでいる。

「あたし、セックスを知ったばかりのときは、すごく夢中になったよ。もう、今の比じゃないってくらい。男がほしくて、狂いそうだった」

　カンナは素っ裸のまま、畳の上に転がって言った。彼女はその行為が終わっても、裸で過ごすのが好きだ。

「ひどいときには、セックスしてない時間が、苦しくて我慢できないほどだったよ。やってやって、やりまくって、いっそ体がバラバラになってこの世から消えちゃえば、どんなに楽になれるかって思ったほど。吉沢は、そんなあたしと違ってクールだよね」

「クールっていうより、ほかにやらなくちゃいけないことがあるから、性的なことばかり考えてられないってだけだよ」

　真人間のぼくは、すでに服を着て、帰る準備をしている。

「あたしはずっと、自分のこと、とりえのない人間だと思ってた。不器用で、勉強も体育も苦手で、友達を作るのも下手《へた》で。けど、セックスは意外なほど器用にできたんだよね。体が自然に動いて、さ。だれに教えられたわけでもないのに。不思議だなぁって思った。だからこそ、夢中にもなっちゃったんだよね」

「ふーん」

なるべく他人事《ひとごと》のように、ぼくはこたえる。

「あたし、初めてセックスしたときには、男の子をあんなふうに楽しませることができる自分の体を、すごいって思った」

その男の子っていうのは、例の不良か。

悪いが、ぼくは不良と呼ばれる人間にはなんの魅力も感じない。奴らは、人生をあきらめて投げやりになった揚げ句、他人に迷惑をかけまくっている甘ったれだ。

「あたしが裸になっただけで、男の子があたしに夢中になってくれるなんて、魔法のようだった」

「確かに、ぼくが裸になっただけで女の子が夢中になる場面を想像したら、それは魔法だとしか思えないね」

ぼくがしみじみとこたえると、カンナもその場面を想像してしまったらしく、声を立てて笑った。

最近、彼女は元気だし、精神的に安定しているように見える。欲望が満たされているからなのだろう。

性欲というものには個人差がある。そんなことはわかっているはずなのに、人は、極《きわ》めて性欲が強い人間を見ると、気味悪く思うものだ。

そして、カンナはまさにその「極めて性欲が強い人間」なのだった。ぼくが射精した後にも求めてくることはよくあったし、そこでぼくが応じないと、自分の指で始めてしまう。

「吉沢は、やっぱ、馬越高校に行くんだろ?」

「受かったらね」

本当は合格間違いないのだが、ぼくは謙遜してこたえた。

「あたしは馬越商業を受けたいって思ってる。でも、落ちるかもしれない」

「ここ何年かの過去問を見れば、傾向はわかるよ。がんばれよ」

「ありがと。吉沢って、意外と優しいよね」

会話だけ聞けば微笑《ほほえ》ましいかもしれないが、カンナの右手は自分の股間にある。

「ああ、気持ちいい。吉沢、見て」

カンナは言ったが、ぼくは射精後ゆえに、性欲がすっかり抜け落ちている。

「悪いけど、忙しいんだ。もう、帰るよ」

ぼくは立ちあがった。

玄関のドアを閉めるとき、振り返ったら、開け放たれた襖《ふすま》の向こうに、のけぞっているカンナの姿が見えた。

ダイナミックな曲線を描く全身、きめの細かい肌、波打つセミロングの髪。

はからずもぼくは、きれいだなぁと思ってしまった。

＊

小学校のときから、浮きまくっていた――つまりは、どことなくウザい――カンナをからかうことは、一部の男子の間ではちょっとした娯楽だった。ただ、今にして思えば、あれはカンナにとってはいじめだったのかもしれないが。

その後、カンナがキレるとなにをするかわからない女だと認識されてからは、一部男子にとっても彼女はアンタッチャブルな存在になっていた。

ぼくもカンナ同様、クラスでは孤立しているが、それは皆に恐れられているからではない。単に嫌われているだけだ。

しかし、今日の昼休み、アンタッチャブルなはずのカンナにからんでやろうというチャレンジャーが一人、現われた。しかも、わざわざ他のクラスから出張してきたのである。

その中島《なかじま》という男は、ひとことで言えば、幼稚。足が速《はや》く、陸上部では活躍しているが、成績は下《げ》の中といったところか。小柄でサル顔ゆえに、女の子たちに適度にいじられることはあっても、もてるわけではない。

「カンナ、おまえさぁ、吉沢とつきあってるのか？　吉沢がおまえの家に入っていくところ、見たっていう奴がいるんだよね」

中島の言葉に、ぼくの心臓は跳《と》びあがったが、自分の席で読書中だったので、表情は見られずに済んだ。

奴がぼくの反応もうかがっていることはわかったので、ぼくはそのまま読書に夢中のふりをした。

「つきあってなんかいないよっ」

カンナは腹立たしげにこたえた。

その吐き捨てるような口調に、なぜかぼくは傷ついた。

「じゃあ、なんで、おまえ、吉沢を家に入れたんだよ。二人でなにをしていたわけ？」

「試験のヤマを教えてもらってただけだよっ。うちの父親が『頭いい奴から直接教われ』って、うるさいから」

その苦しい嘘を、中島は嘘とは見抜けなかったらしい。

「でもさ、男と二人きりで、おまえ、我慢できたわけ？」

「なんだよ、その発想。おまえは女の子と二人きりになったら、たちまちセックスしちゃうわけ？　童貞の発想は、いじましくてやだね」

カンナの鋭い切り返しに、教室内には笑い交じりのどよめきが起こった。

たちまち中島はむきになる。

「うるせえ、ヤリマン！　おまえ、吉沢とやったんだろ！」

「うるさいのは、おまえだ。そんなこと気にして、一体、なんなのよ？　おまえ、ひょっとして吉沢に気があるの？」

「ば、バカ言えっ！」

何人かが便乗して、「ヒューヒュー」「ホモ発覚！」などと騒ぎたてる。さりげなくカンナに加勢する奴がいるということは、実は彼女は排斥《はいせき》されているわけではないのかもしれない。

ぼくは本を閉じ、立ちあがった。とたんに、皆の視線を集めたのがわかったが、なにも言わずに教室を出た。

このまま放置しても、カンナが中島に勝つのは目に見えている。ぼくが口をはさんでは、かえって事をややこしくするだけだ。

けれど、そんなぼくの行動が、カンナには気に食わなかったらしい。

放課後、呼び出されてカンナの家を訪ねると、早速、彼女は不満をぶちまけたのだ。

「あれはあたし一人の問題じゃなくて、あたしたち二人の問題だったわけでしょ。なのに一人で逃げるなんて、卑怯《ひきょう》だと思わない?」

ぼくはカンナの浅はかさにあきれ、訊いた。

「じゃあ、ぼくはどうすればよかったんだよ。中島に『カンナとは清らかな関係だ』とでも言えばよかったのか?」

「そこまで言うことはないけど、少しぐらいかばってくれたっていいじゃないって話」

「かばったら、よけいに疑われるだろ。そもそも、ぼくは嫌われ者だし、おまえは頭のネジも下半身もゆるんでいるしで、ぼくとおまえは単独でもキモいんだ。そんなぼくらが共同戦線を張っても、相乗効果でさらにキモいって思われるだけだろ」

すると、なぜかカンナは深いため息をつき、ぼくに訊いた。

「なんであたしが吉沢を選んだか、わかってる?」

カンナはぼくをひたと見つめた。怒っているような目だ。

なぜ、怒る? ぼくがカンナの本心を理解していないからか?

自然とぼくは心の奥底でラブストーリー的展開を期待しつつ、首を横に振った。

「それは、吉沢、おまえがキモいからだよ。おまえはキモいからこそ、あたしに選ばれたんだよ。そのおまえが、あたしにキモいキモい言うな」

ぼくの期待は裏切られたどころか、完全に見当違いだった。おまけに、カンナがなにを言いたいのか、よくわからない。

「少し前まで、あたしがセックスしたくて頭がおかしくなりそうだったことは、言ったよね。けど、実際には、セックスの相手を探すだけなら、簡単なんだよ。街に出て、適当な男を引っかければいいことだからね。けど、あたしはずっと、自分の欲望が怖くて、なんとか自分の体を頭でコントロールしようとしてたんだ。そうなると、よけいにムラムラしてくる。あたしはもう、それがいやでいやで、自分をめちゃくちゃにしてやろうと思ったんだ。だから、吉沢みたいにキモいくせにプライドだけは高いバカ男と定期的にセックスして、自分を貶《おとし》めてやろうって決意したんだよ」

カンナの目には、今までに見たこともないような意地悪な光が宿っている。

ぼくはカンナに侮辱《ぶじょく》されているのだ。なのに、なぜか、腹は立たない。それどころか、頭の芯がジンと痺《しび》れたようになってしまって、なにも言えない。動くこともできない。

カンナは立ちあがって、服を脱ぎはじめた。それは、肉体を隠蔽《いんぺい》し、拘束《こうそく》する服というものから解放され、真に自由になるための行動に見えた。

ほぼ成熟しきった、女として完成形の肉体が、ぼくのすぐ目の前にそびえ立っている。

「近づいてみたら、案《あん》の定《じょう》、おまえは自信のなさを隠すために、セックスそのものをバカにしている、情《なさ》けない男だった」

それは、ぼくが他人に知られてはならないと思っていた心の秘密だった。なのに、カンナにこうも易々《やすやす》と見破られてしまうとは。

心を裸にされたようだ。恥ずかしいはずなのに、なぜか甘い感情が湧いてくる。これは、なんなのだ?

「そんな奴が、あたしを物扱いして、『これはセックスじゃなくてオナニーだ』なんて言い張る。それって、自分をめちゃくちゃにしてやろうって決意した女にとっちゃ、最高の状況なんだよ。だから、あたしはおまえとのセックスに夢中になった。おまけにいつの間にか、おまえなんぞが、あたしにとってエロスの象徴になっていたんだよ」

カンナは戸棚の上からビニール紐《ひも》を取ってくると、ぼくの両手を背中にまわし、それで手首を括《くく》る。

ぼくはなぜか抵抗できない。恐怖をともなう期待が、抵抗を抑《おさ》えつけている。

自由を奪われて感じたこと。それは、自分はカンナに執《しゅう》着《ちゃく》されているのだという実感と、奇妙な喜びだった。

「おまえはコンプレックスをごまかすために、しきりに自分には価値があるって信じようとして、まわりを見下してきたんだよな」

ぼくの矮小《わいしょう》さを暴露する言葉。それは「キモい」などという感情的な悪口とは違い、圧倒的な破壊力を有していた。

「まあ、確かにおまえはお勉強だけはできるから、一流大学を出てエリート・コースを進むつもりでいても、不思議じゃないよ。で、おまえは今から、栄光に満ちた未来の自分の姿を思い描いては精神的オナニーを繰り返しているわけだ」

ぼくの心は鎧を外され、そして、プライドまでが彼女の言葉に犯される。

「実際、このまま行けば、十年か十五年後ぐらいには、おまえは自分の地位につりあう育ちのいい女と見合いして、結婚して、東京でマンション買って、都会人ぶってるんだろうなぁ」

カンナがせせら笑う。

ぼくは屈辱を感じ、腹を立て、なのに、様々な軛《くびき》から自由になってゆくような気分を味わっていた。彼女は今、ぼくの上に君臨し、一方、ぼくは肩の荷が下りたような心の軽さを感じているのだ。

カンナがぼくのジュニアを引っぱり出す。それはすでに、興奮を示している。

無言のまま、彼女はぼくにまたがってくる。白い太股の内側に筋が浮きあがるのが見えた。

「ま、待って」

ぼくは思わず声をあげていた。

「避妊は？」

「かまわない。あたしは、おまえの子を妊娠してやるよ。おまえは、あたしと子供を養うために働くんだ。おまえはもう、自分につりあう女と結婚することはできなくなる。ざまあみろだ」

ジュニアの先端が、温かく濡れたものに触れ、スルリと迎え入れられた。全体に快《こころよ》い圧力を加えられ、ぼくは思わず声をあげる。

「どうだ？　早く射精しろよ。さっさと出して、自分の将来をめちゃめちゃにしてみろ」

ぼくは肌を粟立《あわだ》たせた。

カンナはすでに、一個の肉塊ではなかった。ぼくの未来に影響を与える可能性のある、一人の女の子であり、脅迫者だった。そして、この行為はオナニーではなくセックスだったのだ。

ぼくが懸命に築き、守ってきた世界観が、音を立ててくずれてゆく。

ああ、だけど、負けてなるものか。ぼくはこの現実を自分に有利に解釈し、おびえや不安を心から取りのぞき、最終的には勝利とそれにともなう高揚感を手にするのだ。

しかし、実のところ、そんな必要はあるのか？　だって、ぼくは、すでに深い深い精神的喜びにどっぷりと首までつかっているじゃないか。

ぼくは熱い息をつきつつ、こたえる。

「あいにくだな。こんなことされたって、ぼくはダメージを受けたりはしない。おまえみたいなクォーターの美人に犯されるなんて、それだけぼくは価値があるってことだからな」

「わざとらしい強がりはやめろ」

「強がりじゃないさ」

これは、まぎれもなく本心だ。

「妊娠できるなら、してみろよ。子供も産めよ。おまえが望むなら、ぼくは将来、おまえを嫁にして、まわりに見せびらかすよ。で、ぼくは、『中学時代にあんな美人を孕《はら》ませるなんて、吉沢はモテモテだったんだな』って思われるようになるんだ。ざまあみろ、だ」

「くそっ」

カンナの指が、ぼくのアヌスに触れた。ぼくは思わずビクッと身を震わせてしまう。

ぼくのおびえを読み取ってか、カンナはにんまりと笑う。

「あたしがおまえの処女も奪ってやる」

ないじゃないか！


「あっ。や、やめろっ」

　こんな展開は、想定外だ！　ぼくはただちに現実に対する解釈を再構築しなくてはならないじゃないか！

　カンナの指が圧力を加えてくる。

「だ、だめだよっ。汚いからだめだよ、そんなとこ！」

　彼女の指が侵入してきた。きれいな形の爪がついたスラリとした指が……。

　不快な異物感に、ぼくは鳥肌を立てた。けれど、なぜか、甘い気分が心に広がる。これはなんなのだ？

「どうだ？」

「恥ずかしいよぉっ」

「気持ち悪い声を出すなっ」

「恥ずかしいけど、なんか、興奮しちゃうよっ」

「まさか、おまえって、マゾ？」

　そうだ。おそらくは元々、ぼくの内面にはマゾ的精神が宿っており、それが今、突然目覚めたのだ。

　おまえの負けだ、カンナ！

おまえが美少女であるかぎり、ぼくはどんな辱《はずかし》めを受けても、それを快感に昇華させてみせよう。

それに、だ。すでにぼくは、おまえに執着されることで、もてない男コンプレックスから解放されている。

おまえに性的な興味を持たれることで、ぼくは世間に勝ち、さらには、マゾ的快感を知った今、ぼくはおまえにも勝った。ぼくは真の勝者になったのだ！

ぼくは微笑み、彼女に告げた。

「お願い。もっと、めちゃくちゃにして」

それは、ぼくの勝利宣言だった。

アフターファイブ

和泉　麻紀

著者・和泉《いずみ》　麻紀《まき》

某オーケストラの弦楽セクションに所属する傍ら、いくつものペンネームで音楽ライターとしても活動中。二〇〇六年、書下ろし官能音楽長編小説『聖なる教室』で作家デビュー。愛読書はバタイユとマンディアルグ。

1

ヴィオラ・ダ・ガンバとチェンバロによる物憂《ものう》げなソナタが流れている。

カーペットの上に男が横たわっている。

全裸のように見えるが、細い紐《ひも》のようなブリーフが腰に絡みついている。

姿勢が不自然なのは、両手首を背中側で縛《しば》られているせいだ。足首も縛られている。男の足首を縛っているのは、男が締めてきたネクタイだった。

ホテルの一室。部屋のほぼ中央に大きなダブルベッドがあり、その向こう側、つまり窓際に北欧ものらしい応接セットが置いてある。男が横たわっているのはベッドと応接セットのあいだのスペースだ。そこにもベッドがひとつおけるほど広い。

窓の外には地上一二〇メートルから俯瞰《ふかん》する夜景がひろがっている。

男の視線の先には椅子に坐って背中を向けた女がいる。むっちりと肉付きのいい尻が椅子の上で歪《ゆが》んでいる。足もとはシンプルなデザインの黒いピンヒールだ。ヒールの高さは一〇センチほどもある。ピンヒールと一体化したようなアキレス腱は、臀部《でんぶ》とそれに続く太腿《ふともも》のむっちりした肉感と対照的にシャープな線を描いている。

ベッドサイドと化粧台、部屋の隅に置かれたスタンドがそれぞれ弱く灯っている。天井の灯《ひ》は点《つ》いていない。

バロック音楽が備え付けのオーディオセットから流れている。七〇インチの液晶テレビもあるが、スイッチは入っていない。

薄明かりのなかで、女は鏡に向かって、化粧を直している。今、目の縁をくっきり描き終え、ルージュを濃くしているところだ。

横たわった男が、椅子の上でボリュームを強調している臀部に目をやり、ごくりと生唾《なまつば》を飲みこんだ。その豊かな尻に顔面をふさがれることを想像しているのかもしれない。

やがて女が椅子から立ち上がった。

長身だ。ピンヒールを差し引いても一七〇センチを超えるだろう。

女が振り向いた。

男は女の昼の顔を知っている。けれども、振り向いたその顔は、まったくの別人だった。それが化粧のせいばかりではないことも男は知っていた。

女が身につけているのは、レオタード型のボディスーツだ。素材はなめし革で、大きなバストと豊かな臀部をいっそう強調するようにぴったりと締め上げている。その表面はまるで爬虫類《はちゆうるい》の皮膚のように黒光りしている。

胸と臀部のボリュームに対して、ウエストはきゅっと絞られていて、シャープなラインを描いている。

腰まで切れ上がったハイレグカットが男の目を射る。

昼間、女はそのコスチュームの上に、白いシャツと灰色のスーツを着ていた。会社にいるときはいつもそんな地味な服装をしている。スーツは体の線を決して表に出さないデザインのもので、一見して太めの印象を与える。まさか、その野暮《やぼ》ったいスーツの下にヴィーナスのような肉体を隠しているとは誰も気づかないだろう。

光沢の強いストッキングに包まれた脚をひらいて、女は仁王《におう》立ちになった。肉付きのいい太腿《ふともも》と膝から下のよく引き締まったふくらはぎが、ストッキングのつくる陰影で美しく強調される。

横たわっている男がまた生唾を飲んだ。部屋中に響くほど大きい音がした。

女はアップにまとめていた髪をといた。緩くウェイヴのかかった髪が肩にかかる。

再び男に背中を向けた。

椅子の背もたれに両手をついて、挑発するように豊かな臀部を突きだす。Tバックから溢《あふ》れたヒップを包むストッキングが薄く伸びて、輝きの段差をつくっている。それがヒップのラインをいっそうボリュームのあるものに見せる。

ストッキングにはラメが入っているわけでもないのに、全体がきらきらと輝いている。そのストッキングにつつまれ、すべすべと光沢を放つ二本の脚は、まるで大理石のエンタシスのようだ。

女はその姿勢のまま、円を描くように臀部をまわした。

男が発する感嘆の声を女は耳にした。

「嗅《か》ぎたいんでしょ、蒸れたあそこの匂いを」

尻を突き出した姿勢で女が言った。

横たわったまま男は顔を上げて頷《うなず》いた。

「はっきり言いなさい」

「か、嗅がせてください」

「聞こえないわ」

「あそこの匂いを嗅がせてください」

「え、なあに？　何て言ったの？」

女が焦《じ》らす。

男の股間が大きく盛り上がっていく。

「まあ、まだ何にもしてないのに、おちんちんをそんなに大きくさせちゃって。恥ずかしくないの」

横たわったまま、男が身をよじる。

女が一歩進みでて、ピンヒールの爪先で男の股間を撫《な》でた。

男は腰を震わせた。

ピンヒールが遠ざかる。

「ああ、そんな」

男が顔を苦しげに歪ませ、身をよじらせた。

男を見下ろして、女が笑った。

「ちゃんと聞こえるように言いなさい」

「美穂子《みほこ》さまの蒸れた——の匂いを嗅がせてください」

「フフ、ちゃんと言えたわね。それじゃ、ほうら。彬《あきら》ちゃんの好きな匂いを嗅がせてあげるわ」

彬ちゃんと呼ばれた男は目を血走らせ、女の次の行動を催促するようにもがいた。

美穂子は彬の顔を跨《また》ぐと、そのまましゃがんでいった。なめし革のボディスーツの股間を彬の顔に押しつける。

一分もしないうちに彬が苦しげに呻《うめ》いた。

「こんなものを着ていたから、一日中、窮屈《きゅうくつ》だったわ。なめし革の蒸れた匂いが誰かに気づかれるんじゃないかとひやひやしていたのよ」

美穂子はいったん腰を浮かせ、右手を使ってボディスーツの細い股の部分を脇にずらした。

ストッキングの下には何も着けていない。切れ替えのないオールスルータイプだ。半透明のナイロンに複雑な襞《ひだ》の重なりが押し潰されている。

彬がその部分に目を凝《こ》らす。小さく光っている部分がある。まだ触れてもいないのに愛液が滲《にじ》んでいるのだ。

「舐《な》めたいの？」

「は、はい」

「舐めさせてくださいとお願いしなさい」

「どうか舐めさせてください」

美穂子がゆっくりと腰を下げた。股のあいだで灯りを反射していた部分が、彬の唇に押しつけられる。

「ウ、ムムム」

豊かな双肉のあいだで、彬は必死に舌を使いはじめた。

彬は素晴らしく整った顔だちの男だ。背が高く、四十代も半ばを過ぎているのに贅肉《ぜいにく》ひとつ付いていない。会社では女子社員の憧れの的として、誰もが認める存在だ。彬は美穂子の上司である。

その彬が、美穂子のむっちりした尻肉に顔を埋めて喘《あえ》いでいる。

「そうよ、もっともっと舐めて。舌が痺れるまで舐めつづけるのよ」

美穂子は尻を振って、彬の顔にこすりつけてやる。

彬の濡れた舌が立てる音と、バロック音楽が美穂子の耳を喜ばせる。その音楽はかつて宮廷で演奏されていた。もしかすると、こんな場面で演奏されていたのかもしれない。そう思えるほど、下半身の刺激にマッチする。

「ムムム、ウウ、ムムム」

彬の舌の動きが止まった。息ができなくなったらしい。

美穂子はいったん腰を浮かせた。彬が荒い深呼吸をする。またすぐに元の姿勢に戻った。

「ウムム――」

今度はストッキング越しに陰部を吸いたてる。

美穂子はこれに弱かった。舌の弱い刺激で淡い快感が満ちていたところに強い刺激を受けて、強烈に反応する。

「ヒィッ！」

電気のような快感が走り、下唇を嚙《か》んだ。

「誰が吸っていいと言ったの。まだよ。いいと言うまで、舌を使いなさい。舌をもっと硬く尖《とが》らせて舐めなさい」

美穂子は上司に命じた。

彬が舌を素早く動かす。

「もっと舐めてえ」

「ああん――」

「声は出さなくていいの。舌をもっと出して」

彬が舌を長く伸ばした。

「もっと伸ばせないの？」

長い爪で美穂子は彬の舌をつまんだ。強く引っ張る。

呻き声をあげる彬の目に涙がにじんだ。

「あら、嬉し涙ね」

彬が何か言おうとしたが、舌をつままれているから言葉にならない。

「昼間はさんざんこけにしてくれたわね。ちゃんとお返しをさせていただくから、そのつもりでね」

美穂子が冷たい声で言い、舌から指を離した。

恐れと期待が入り交じった恍惚《こうこつ》とした表情で、彬はストッキング越しの股間にしゃぶりついた。

ほとんど紐にしか見えないブリーフを、熱い勃起が持ち上げている。

美穂子は右手を伸ばし、ブリーフの滑《なめ》らかな布地の上から撫でてやる。

「おおおっ」

彬が歓喜の声を発しながら腰を突き上げた。たちまちブリーフに小さな染みがひろがる。

「凄い――」

指先に感じる熱と硬度に、美穂子は思わず口走った。

「今夜はたっぷりと感じさせてもらうわよ、これでね」

美穂子は熱した勃起を握った。

彬は美穂子にとって上司であり愛人であるばかりでなく、恩人でもあった。その恩人である彬の顔に美穂子は尻をグイと下ろして、高い鼻に股間をこすりつけた。

たっぷりした尻肉にふさがされた彬の口から歓喜の声が洩れた。

部屋に流れているバロック音楽も、ちょうどヴィオラ・ダ・ガンバの弓の動きが速まり、高音に向かって駆け上がっていった。

2

その日の午後。得意先でのプレゼンテーションを、剣持《けんもち》彬と田代《たしろ》美穂子が行なった。

企画部をあげて練りに練った新商品の企画案を、美穂子はパワーポイントを使って説明した。

プレゼンテーションが佳境に入ったとき、スクリーンに映し出される画面が乱れた。パソコンの不調ではない。データが壊れていた。

結局、概略だけを説明して、先方に渡す予定だった資料も持ち帰った。

帰社後、部下がそろっている前で彬は美穂子を厳しく叱《しか》りつけた。

「いい恥さらしだったなどとは言わない。実際、恥をかいたことには違いないが、それよりも会社の信頼に傷をつけたことのほうが遥かに大きい。君ひとりの簡単なミスのせいで」

決して声を荒らげず、冷たく言い放つ。それが彬のいつものやり方だった。

「首だなどと言うつもりも権利も私にはない。自分で対処しなさい。今回の不始末の原因を究明し、速《すみ》やかに報告書を上げること」

美穂子が地味なスーツの下に革のボディスーツを着ていることは彬も知っているはずだった。もしかすると、その姿を想像して、股間をふくらませているかもしれない。

だが、もちろんそんなようすはまったく表に見せない。

「何度も言うことだが、私は相手が男だろうと女だろうと区別も差別もしない。へまをやったものは、男女の別なく、ただの役立たずだ。私をセクハラだとかパワハラなどと批判するなら、それもかまわない。そういった的外れの批判で私は何ら傷つくことはない。私を批判することは、自分の都合の悪いことから逃れることにほかならない。そうやって逃げることで自分の落ち度から目をそらし、それで気が済むならそれもよかろう。だが、これは肝《きも》に銘じておいてほしい。それは人間としての成長を自ら放棄することに等しい」

「わたしはセクハラだなんて言ってません」

美穂子が言った。

「君がそう言ったと指摘しているのではない。セクハラというのは、たとえばの話、栄養分を君のDカップの胸ばかりにではなく、脳にも与えてやってはどうかなどと失礼千万《せんばん》な発言をしたときに適用されるものだ。さ、早く仕事に戻りなさい」

美穂子はその場に立ったまま、ワッと泣きだした。

乱暴な言葉を使うわけでもないし、声も静かだが、その気迫は他にたとえようがないものがあり、彬より年長のものでも震えて涙を流すほどだ。彬は陰でサディストと呼ばれていた。

だが、美穂子は泣いたふりをしているだけだった。

デスクに戻った美穂子をいたわるように同僚が肩を抱き、慰《なぐさ》めの言葉をかけているあいだ、美穂子は心の内で笑みを浮かべていた。

3

昼間、オフィスで美穂子に屈辱《くつじょく》的な言葉を投げつけた彬は、今、その相手の尻に顔を押しつぶされている。口をすっかりふさがれているから息ができず、苦しそうだ。だが、彬は苦痛ではなく、むしろ喜びを味わっている。

彬に喜びを与えている美穂子も、花芯に熱い疼《うず》きを感じている。彬の舌がストッキング越しに盛んに蠢《うごめ》いているのだ。

ストッキングを通して感じる舌先の動きが何とも心地いい。それは心理的なものかもしれないが、直に舐められるのとはまた違った愉悦《ゆえつ》がある。

快楽の度合いを示すかのように、ストッキングの股間は溢《あふ》れる美穂子の愛液と彬の唾液にまみれて、ぬるぬるドロドロの状態だ。

舌の動きが鈍くなった。息が苦しくなったのだろう。美穂子は膝をついて立ち上がった。

彬が大慌てで呼吸をする。整った顔つきに似合わない滑稽《こっけい》さが漂う。

その姿を眺め下ろしながら美穂子はピンヒールの爪先で彬の怒張したペニスを突いた。

「ウッ」

彬が小さく体を震わせる。

美穂子はピンヒールでペニスを踏みつけて、彬の下腹に押しつけた。

「ウウッ」

彬が痛みに顔をしかめる。

美穂子は足の裏に力をさらに入れた。

苦痛の呻き声をあげながらも、彬のペニスはかえって硬度を増している。

美穂子は踏みつけながら、ピンヒールの靴底でペニスをこするように動かした。

「よ、よせ――イ、イッてしまう」

「こんなことでイッちゃうの？」

「し、知っているくせに――」

「何よ、その言葉遣《づか》いは」

美穂子はペニスを踏む足に体重をかけた。

紐状のブリーフからはみ出ている睾丸《こうがん》をピンヒールの踵が押し潰そうとする。

女のような悲鳴を上げながらも、その顔には喜びが浮かんでいる。このままだと、本当に射精してしまうだろう。

「ヒィイッ！」

「まだイッちゃ駄目よ。わたしをたっぷりイカせてからじゃなきゃ」

美穂子はピンヒールをペニスから外し、前かがみになった。

「口をあけなさい」

命じられるままに彬が口をあける。

きれいな歯並びだ。虫歯一本ない。

「ペッ」

美穂子が唾を吐く。

それはまっすぐに彬の口のなかに吸いこまれるように落ちていった。
彬が嬉しそうに飲み干す。そして、自ら口をあけて催促をした。
美穂子はそれに応じる。再び彬は喉を鳴らして美穂子の唾液を飲みこむ。
彬はもっとほしそうだが、美穂子は無視した。
彬のペニスの先からしみ出てきた透明の液体が、美穂子のピンヒールを濡らしていた。
美穂子はピンヒールを彬の口もとへやった。
「ピンヒールが汚れたわ。舐めなさい」
彬が言われたとおりにする。口いっぱいにピンヒールを爪先から頬張《ほおば》る。
「いい子ね」
美穂子は満足そうに微笑し、ベッドに腰を下ろした。
なめし革のボディスーツのフロントジッパーを下げる。
豊満な乳房がボディスーツのあいだから飛び出した。
「さあ、舐めなさい」
ベッドに坐ったまま、胸を突き出す。
両手を後ろに縛られた不自由な姿勢で彬はのろのろと立ち上がった。
熟れたメロンのような乳房だ。充分な張りがあり、乳首は誘うような濃いピンクだ。

彬は目を輝かせて胸に貪《むさぼ》りついた。口いっぱいに乳房を頰張り、懸命に舌を使う。

「ううん、いい気持ち。もっと吸ってちょうだい」

甘い声で美穂子は命じた。

今日の午後、部下たちの前で屈辱的にからかった乳房に、彬はあさましく吸いついている。その姿が壁の鏡に映っている。

彬の口のなかで美穂子の乳首が硬く尖っていった。

「上手ね。ご褒美《ほうび》をあげるわ」

美穂子はピンヒールの爪先で、彬のペニスをいたぶった。それが美穂子の言うご褒美だった。

乳房をうっとりと吸っていた彬の顔が苦痛で歪む。

しかし、やはりペニスは硬度を増し、紐のようなブリーフからとうとう亀頭をはみ出させた。

透明な液体でぬらぬらと黒光りする亀頭を眺め下ろした美穂子が熱い溜息をついた。ほしくなったのだ。

「立ちなさい」

彬が命令に従って立ち上がった。

ベッドに腰かけている美穂子の顔の前でペニスが屹立《きつりつ》する。

美穂子は彬の尻に両手をまわして摑《つか》み、グイッと引き寄せた。

彬が腰を突き出す格好になる。

直後、いきなり美穂子はくわえこんだ。

「おおおっ」

彬が腰を震わせる。

同時に、熱いペニスの先から樹液が美穂子の口のなかにひろがった。

それを味わうように舌を蠢かす。それがペニスに新たな刺激を与える。

「ああ、うう――」

彬が腰をまた震わせた。

「イッちゃ駄目よ」

くわえたまま美穂子が言った。

彬が盛んに首を縦に振る。快感のあまり声を出せない。

美穂子はペニスを存分に出し入れして味わうと、今度はちろちろと舌先を這わせるように舐めはじめた。

ときおり、睾丸を頬張る。

ペニスを責めながら、美穂子は彬の尻を摑んでいる爪を立てた。

「くっ――」

痛みをこらえるように彬が唇を嚙む。

美穂子の舌先でペニスがぴくぴくと震える。

彬は美穂子が自ら乳房を揉《も》んでいるのを上から眺《なが》め下ろし、喉を鳴らした。

「またオッパイがほしくなったのね」

美穂子が敏感に察した。

「手をほどいてあげるわ」

美穂子は両手を彬の背中にまわして、両手を縛っていたタオル地の紐をほどいた。それはホテルに備え付けのバスローブの紐だった。

彬は縛られたり、ピンヒールで責められたりするのを好むが、真性のマゾヒストではない。あくまでも前戯のひとつだ。

両手が自由になると、彬はすぐさま美穂子の乳房を両手で包みこんだ。

ペニスを舐められながら、大きな乳房をやわやわと揉みしだく。

美穂子の体は、彬の好きなフェリーニの映画に出てくる豊満な女優を想わせる。世の女性は痩《や》せることに命を懸けているが、彬にとってはそのボリュームこそが理想の姿だった。会社で跋扈《ばっこ》している痩せた女たちなど、彬には目に入らない。

「さあ、もっとこっちへ。あなたの好きなことをしてあげるわ」

美穂子に促《うなが》されて、彬は一歩、前に踏みだした。何をするのかはわかっていた。美穂子は大きな乳房のあいだに彬のペニスをはさんだ。

口いっぱいにしゃぶられているときとは違う熱さに包まれる。

「ああ、いい」

美穂子はペニスをはさんでいる乳房を上下に動かした。それは彬のためというよりも、自分のためだった。熱く屹立したペニスを乳房で責めると、美穂子は体が芯から融《と》けそうになる。

しかし、この感覚を充分に与えてもらうには、それ相応のペニスでなければならなかった。つまり、硬さと長さと太さである。

彬のペニスは申し分ない。理想的と言っていい。このペニスを今夜は存分に独り占めできるのだと思うと、美穂子の股間からはまた愛液が溢れるのだった。

「だ、駄目だ。もうイキそうだ」

「まだイッちゃいや」

美穂子は乳房のあいだから彬のペニスを解放させた。

「後ろから突きまくってちょうだい」

美穂子はベッドの上で四つん這《ば》いになった。

ベッドに上がった彬が、後ろ向きの美穂子の膝のあいだに体を置く。手を伸ばし、ボディスーツの股の細い部分を脇へずらし、ストッキングに爪を立てる。秘所を傷つけないように注意が必要だ。

ナイロンの裂ける淫靡《いんび》な音が部屋に響く。

もう何度も経験していることなのに、その姿勢でその音を耳にするたびに美穂子は体の芯から熱くなる。

熱い肉棒の進入を待っていた美穂子を、まったく別の感覚が襲った。

四つん這いの美穂子の尻のあいだに、彬が顔を埋めてきたのだ。チューチューと音を立てて秘所に溢れる愛液を吸う。

「ああん、そんなことしちゃいやん」

口ではいやといいながら、美穂子は尻を高々と上げる。彬が舐めやすい姿勢になった。

正常位の姿勢で前から舐められるのとは比べ物にならないくらい恥ずかしいポーズだが、だからこそ感じてしまう。

彬の両手が前にまわって、重く垂れ下がった美穂子の乳房を下から揉み上げる。指のあいだにつまんだ乳首がすぐさま硬くなる。

彬の舌は秘所をかき分けて奥まで入ったかと思うと、その合わせ目の小さな膨らみを見つけてつっついたり、さらには硬くすぼまった尻穴にまで及ぶ。

「イク、イク、イッちゃうわ」

三カ所をあれこれなぶられているうちに美穂子は最初の絶頂を迎えて、大きく背中を反《そ》らせた。

「あああ、ああん、イッたわぁ――」

美穂子はたっぷりと肉の付いた尻を振って身悶《みもだ》えした。

余韻を味わう間もなく、秘所を逞《たくま》しく押しひらく感覚が走った。充分に熱した肉棒がじわじわと奥へ奥へと進む。

肉棒がもうそれ以上は奥へと突き進めないというところで、美穂子は初めて声を上げた。

「ああ、あああん」

嗚咽《おえつ》に似た歓喜の叫びが長く尾を引く。

「ずっと――ずっと、これがほしかったのよ。待っていたのよ、ああ、あああん――いい、いいわ」

肉棒の熱さが、膣の隅々にまでいっぱいに満ちていく。

しかし、彬が動こうとしない。

美穂子は焦れったそうに自ら尻を前後に振り立てはじめた。

肉付きのいい尻が、彬の引き締まった下腹部にあたって、湿った音を立てる。

彬もこらえきれずに腰を振りだした。

「ひいっ、いい、いいわ。そこを突いて。そう、そこよ、そこよ、いいわ」

勢いをつけて、削岩機のように肉棒を打ちつけると、美穂子はそのつど愉悦に喘ぎまくる。

やがて、リズミカルに腰を前後させる。美穂子もそれに合わせて尻を振る。呼吸を合わせて、二人で絶頂を迎えるいつものパターンだ。

ヴィオラ・ダ・ガンバの低音にチェンバロの華麗《かれい》にして可憐《かれん》な響きが絡みついたり離れたりして、それはまるで二人を見ながら演奏している即興のように聴こえた。

音楽と快楽に酔っている顔を、美穂子が後ろに向けた。

「上にならせて」

「上に？」

「いいでしょ」

「ああ、もちろん」

彬がベッドに大の字に体を伸ばした。

彬の腰をまたいだ美穂子は、硬い肉棒に手を添えて、自らのなかに埋めこんでいった。

「君が上になるなんて珍しいな」

「ウフフ、徹底的にいじめたくなったのよ」

「それは怖いな」

怖いと言いながらも彬は期待に鼻をふくらませている。

「あなたの上で二度イカせてもらうわ。それまで、イッちゃ駄目よ」

美穂子の言葉にゴクリと彬が唾を飲んだ。

根元までしっかりと埋めこむと、美穂子はしばらくのあいだ動かなかった。

「奥までずっぽりと入ってるわ」

自分の股間を覗《のぞ》きこんで感極まったように言う。

それから、ゆっくりと腰をまわしだした。

「おおおっ」

子宮口に亀頭が吸い込まれていくような感覚に襲われる。

「そんなにしたら、もうイッてしまいそうだ」

「駄目、駄目よ。このままイカせてちょうだい」

言うや否や美穂子は激しく腰を上下に動かした。

肉棒が抜けそうになるぎりぎりまで腰を上げたかと思うと、秘所を打ちつけるように腰を落とす。振幅の大きい上下動に、彬が限界に達しそうになる。

と、美穂子はズボッと抜いた。

「ああ、あああぁ、そんな」

彬の口から不満の声が洩れる。

その口を濡れた秘所がふさいだ。素早い動きで、美穂子は彬の顔を跨いで腰を落としたのだ。

「ちゃんとかわいがって！」

美穂子が鋭く命じた。

すっかり充血して膨らんでいる秘所を彬が必死に吸い、舌を使う。

尻につぶされて呼吸ができなくなったころ、秘所が口から離れた。

再び騎乗位になった。

今度は彬が下から突き上げてやる。

「ああん、もっともっと突きまくって、いいの、いいのよ。たまらないわ」

美穂子は体を大きく後ろに反らした。絶頂を迎えたのだ。

彬は腕を伸ばして、ボディスーツのあいだから飛びだしている乳房をしぼり、愉悦の手助けをした。

小さな痙攣《けいれん》が収まると、また美穂子は彬の上で腰を使いはじめた。

彬が達しそうになると肉棒を外し、クンニリングスを求める。

それを三度くり返して、再度、美穂子は絶頂を迎えた。彬の上に体を伏して、体を細かく痙攣させる。

「ぼくもイッていいかな」

「ええ、イカせてあげるわ」

美穂子の体が下がっていった。

「これがわたしをイカせてくれたのね」

愛しそうに呟《つぶや》いて、そのまま口にくわえこんだ。

「いい気持ちだ——」

さんざん焦《じ》らされた後だけに、すぐにも達しそうだった。

ボディスーツが美穂子の汗を吸って、独特の革の匂いを発散している。それも彬を興奮させる。

彬は腕を伸ばして美穂子の乳房を揉み、そして腰を突き上げた。

「イク、イクぞ」

「イッて、口のなかにたっぷり出しなさい」

美穂子がくわえたまま言った。

「おおおっ」

雄叫びを上げて、美穂子の喉奥に勢いよく射精する。

「ウムム、ムムム」

美穂子はこのときも小さな絶頂を感じながら、口中でふくらむ亀頭に盛んに舌を這わせた。

そのままじっと動かなかったが、やがて美穂子は口から肉棒を出した。

「すごいたくさんイッたのね。最後の一滴までいただいたわ」

大量に放たれた精液をすっかり飲み干した美穂子は、彬の腕を枕にして、ぐったりと体を横たえた。

4

薄暗い部屋に、ヴィオラ・ダ・ガンバとチェンバロによるバロック音楽が流れている。一度終わったCDがリピート演奏されているのだ。

何度も果てて気だるい体にその優しい響きが心地よかった。

美穂子は口をひらいた。

「Dカップの胸よりも脳に栄養を与えろなんて、ひどいことを言ってくれたわね。女にとって一番耐えられない言葉よ。セクハラで訴えられたら、有罪確実」

「そんなことは言ってないから、セクハラには当たらないと言ったんじゃないか」

「うん、気をつけよう。今夜君と会えると思う？　わたしだったからよかったようなものの」

美穂子は体を締めつけていたボディスーツとオールスルーのストッキングを脱いで、全裸で横たわっている。

汗が引いていき、火照《ほて》りを癒《いや》す。

美穂子の手は彬の肉棒を握っている。手のなかで肉棒は力なく、うなだれている。

彬の手が美穂子の乳房をゆっくりと揉んでいる。

美穂子はこうして古楽演奏を聴きながら性交後の余韻を味わうのが好きだった。

「データに細工《さいく》をしたのもあなたなんでしょ」

美穂子が笑いながら訊いた。

「まさか」

彬が否定する。

「え、違うの？」

「いくら何でもそんなことはしない。会社に迷惑をかけるもの」

「じゃ、誰が」

美穂子は彬の肉棒をやわらかく揉みながら、思案した。

「峰島亮子《みねしまりょうこ》かもね」

「どうして彼女が」

「亮子はわたしにライバル意識を持っているもの。プレゼンテーションのメンバーに入れてもらえなかったから、それを逆恨《さかうら》みしたんだわ」

「確かに彼女ならデータに細工ができるが」

「亮子はあなたと同じようにマゾっけがあるわよ」

「本当かい？　どうして知ってるんだ？」

「わたしの勘よ」

「その勘は外れているような気がするな」

「あら、どうして」

「だって、亮子は見るからにサディストのタイプだ」

「意外と女をご存じないのね。ああいう女のほうが、マゾっけがあるものなのよ」

「ふうん、そうかなあ」

「ちょっと、とっちめてやりましょうよ」

「どうやって」

「誘ってみたら？　きっと乗ってくるわ。そしたら、こってりとっちめてあげるといいわ。いじめられるのが好きな人は、いじめ方もよく心得ているでしょう。彼女、ヒィヒィ喜ぶわよ」

「君も一緒にとっちめるかい」

「まあ、亮子をそんなに喜ばせたいの？」

二人の淫靡な忍び笑いが、部屋の隅へ転がっていった。

美穂子の手のなかで肉棒が頭をもたげだした。

「いやだわ。亮子を抱きたくなったのね」

「そうじゃないよ。ああいう痩せぎすが好みじゃないことは君だってよく知っているだろう。君のオッパイを揉んでいたら、またほしくなってきたのさ」

彬が美穂子の豊かな乳房に吸いついた。

美穂子は乳房を与えながら、彬の頭を撫でた。

「君、また痩せたのかい」

「いいえ」

「そうかな」

彬の手がくびれたウェストを這《は》う。

「痩せたら嫌いになる？」

「そうだな。おっぱいとお尻が小さくなったら――」

「大丈夫、これ以上痩せるのは無理よ」

美穂子の言葉に彬は嬉しそうに乳首を強く吸った。

彬と初めてベッドに入ったときと比べたら、だいぶ痩せた。といっても、バストとヒップはさほど変わっていない。ウェストが細くなったのだ。

今の会社に美穂子を引き抜いてくれたのは、彬だった。だが、それで彬を恩人だと思っているのではない。

希望の光を与えてくれたのが彬だったのだ。

美穂子は大柄《おおがら》な体型のせいでいつも引け目を感じて生きてきた。身長の高さも、スポーツとは無縁の美穂子にとってはデメリットでしかなかった。背の高さをごまかすために自然と猫背になってしまっていた。それは見る人に暗い印象を与えるだけだった。

三十代も半ばになるというのに男性との付き合いにも縁がなかった。その分、学業と仕事に打ち込んできた。大学でも最初の会社でも成績は優秀だった。

それでも、何か満たされないものを常に感じていた。もっと言うならば、生きることの意味を見失ってさえいた。

そんな美穂子を本気で口説《くど》いてきたのが彬だった。取引先が共通していて、しばしば出会ったのがきっかけだった。

もちろん、最初は冗談だと思った。簡単に落ちる女だと思って声をかけてきたのだと決めつけて、まったく相手にしなかった。

彬は執拗《しつよう》だった。それも、誠意のこもった執拗さだった。

初めてベッドを共にしたとき、彬は涙を流して喜んだ。これこそ自分が長い間求めてきた理想の女性だと言って。

ただし、彬はすでに結婚していた。会社の重役の娘だ。出世のための結婚だった。

それでも、美穂子はかまわなかった。彬のすべてをほしいとは思わなかった。こうしてたまに逢瀬《おうせ》を重ねるだけで充分なのだ。

もともと男性に対する興味が薄い性格なのかもしれない。結婚願望もない。セックスも淡白だと自分では思いこんでいたが、これは間違いだった。彬によって、美穂子はセックスの本当の喜びを知った。

彬とのセックスによって喜びを覚えると、不思議な変化が起こった。

まず、ウェストがどんどん細くなっていった。

「腰の使い方が激しいから」

彬は冗談めかして言ったが、そうではない。気持ちに張りが生まれたから、弛緩《しかん》していた体も引き締まっていったのだ。

もうひとつ、音楽のなかに官能の響きを聴くようになった。バロックがこんなに淫靡な響きを秘めているとは、以前は想像もできなかった。

これらのことを彬との出会いによって得られたのだから、彬は美穂子にとって、ずっと恩人でありつづけるだろう。

オッパイを吸っていた彬が、美穂子の上になった。

彬は一度だけでは決して満足しない。貪欲《どんよく》で、しかも強い。

美穂子の右脚を肩の上に抱え上げると、硬く熱した肉棒を、熟《う》れきって愛液まみれになっている秘所にあてがい、グッと腰を進める。

「ああっ」

「おおおっ」

ふたりは同時に歓喜の声を上げた。

「朝まで何度もするのよ」

美穂子が命じた。

「ああ、何度もしてあげるよ」

削岩機のように美穂子に打ちつけながら彬が応じる。

「ねえ、亮子をとっちめるときは、お尻の穴も責めるのよ」

「それはおもしろそうだ」

「できるわね」

「ああ、できるとも」

「あなたが亮子のお尻の穴を責めているときに、わたしは指であそこをいただくわ」

「怖い女だなあ、君は。そんなことを考えているなんて」

腰を使いながら彬が声を低めた。

「ウフフ、わたしのなかで大きくなったわよ。お尻を責めるところを想像して、気分が高まったのね」

美穂子は彬に組み敷かれたまま、彬の美しく整った顔を見上げて微笑した。

「ううっ、今日はやけに締めつけるね」

「あなたのがいつもより大きいのよ。さ、今度は後ろから犯して」

美穂子は彬の肉棒から、するりと逃れて、四つん這いになった。

むっちりした尻を高々と上げて、彬を誘う。

「いつ見ても、いい眺めだ」

彬が感極まった声を出し、突き入れる。

「ひいいっ、強烈だわ」

「君もよく締まって、素晴らしいよ」

彬が美穂子の腰を両手でがっしりと摑み、腰を自由自在に動かしはじめた。

チェンバロの細かいパッセージに載せて、ヴィオラ・ダ・ガンバが優美な低音で歌いあげるのを聴きながら、美穂子は彬をさらに奥深く受け入れるために尻を高々と掲げた。

妹離れ

橘　真児

著者・橘《たちばな》　真児《しんじ》
一九六四年、新潟県生まれ。九六年『ロリータ粘液検査』でデビュー。教員と作家の二足の草鞋を履きながら執筆を続け、〇三年専業に。学園を舞台にした官能ものを中心に発表。最新作は『こちら桃色広報室』。

1

「お兄ちゃん、あたしの友達とセックスしてくれない？」

大学の夏休みに帰省した田北聡志《たきたさとし》を待ち受けていたのは、妹であるみのりの、そんな突拍子もない申し出であった。

「は!? 今なんて——」

驚きをあらわに訊《き》き返した兄にも、彼女は平然とした態度を崩さなかった。

「木嶋真梨《きじままり》って子、お兄ちゃんも知ってるよね。家にも遊びに来たことがあったし」

「ああ……」

「お兄ちゃんに、あの子とセックスしてもらいたいの。それであたしに——」

「いや、ちょっと待てよ」

あまりのことに機能停止した頭をどうにか再起動させ、聡志はさらに言葉を継ごうとするみのりを片手で制した。

「それはつまり、真梨って子がおれと付き合いたがっているってことなのか？」

「違うわ。付き合うんじゃなくて、セックスするだけよ」

大胆な発言を続ける妹に、聡志は面喰《く》らうばかりであった。

三つ年下のみのりは、十九歳になったばかりだ。今春高校を卒業し、聡志の通う都内の大学に合格したのだが、結局進学しなかった。今は実家でフリーター兼家事手伝いのようなことをしている。いずれ地元の会社に就職するつもりだという。

突然進学をとりやめたりと、たしかに周囲の理解し難《がた》い、突飛な行動をすることはあった。しかし、高校時代は生徒会の役員を務め、優等生で品行方正《ひんこうほうせい》だった。「セックス」なんて言葉を軽々しく口にする少女ではなかったはず。

（こいつ、なんだってこんな馬鹿なことを──）

聡志が困惑していたのは、四カ月ぶりに再会した妹の変わりようが、とても信じられなかったからだ。

「彼女がおれとしたいって言ったのか？」

「ううん。あたしがしてほしいって頼んだの。それで、してるところを見せてって」

「は!? 今なんて言った？」

「だから、お兄ちゃんが真梨とセックスするのを、あたしが見物させてもらうってこと」

「見物って……」

理解し難い要請に、どこまで本気で言っているのかわからなくなる。いや、本気だとしたら、それこそ非常識すぎる。

しかし、冗談はやめろよと一笑に付そうとした聡志は、彼女の次のひと言に絶句した。

「お兄ちゃんは拒《こば》めないはずだよね、あたしの頼みごと。だって、あのときの貸しは、まだ返してもらってないいんだもの」

そのとき、聡志の脳裏に、過去の一場面が鮮やかに蘇った。

2

あれは聡志が大学浪人中のことだ。

自宅から予備校に通っての、勉強漬けの日々。未《いま》だ確定しない将来に、不安を抱いていたのは否めない。来春は合格できるのだろうかと、目標を持ちつつも日々鬱々《うつうつ》と過ごしていた。

それでいて、若さゆえに高まる性欲を持て余してもいた。だからと言って、あのようなことが許されるはずもなかったが。

当時、みのりは高校一年生。浪人である自分とは異なり、希望に満ちた学校生活を満喫していた。聡志にはそんな妹がやたらと眩《まぶ》しく、また、妬《ねた》ましさを覚えることもあった。

そして、日々女っぽくなる肢体を家族の前だからと無防備に晒《さら》すみのりに、抗《あらが》いがたい欲望も覚えた。風呂上がりにバスタオル一枚でリビングに現れたり、下着同然の姿で兄である自分の部屋を深夜に訪れたり。彼女にも隙《すき》があったのだと、あとで聡志は自分に言い訳をした。

行き場のない欲望を発散すべく、最初に彼が犯した過ちは、妹が入浴前に脱いだパンティを、洗濯機の中からくすねることであった。そうして自室に持ち込み、オナニーのオカズにしたのである。

もともと分泌物が多いのか、あるいは新陳代謝《しんちんたいしゃ》が活発な年頃だからか。下着の中心はいつも汚れていた。黄褐色《おうかつ》を帯びているばかりか、透明な、あるいは白く濁った粘液がこびりついていることが多かった。脱いで時間が経ったあとだと、乾いたそれがゴワゴワになっていた。

当時は聡志も童貞だったから、異性の神秘たる生々しい残滓《ざんし》を目の当《ま》たりにするだけで、ひどく昂奮させられた。たとえそれが、実の妹のものであったとしても。

もちろん見るだけではない。ヨーグルトやチーズに似た、時にはもっと生ぐさくて饐《す》えた淫臭を、彼は嬉々として嗅いだ。二重になった布に刻《きざ》まれたシワもじっくりと観察し、未《いま》だ目にしたことのない秘芯の佇《たたず》まいもあれこれ想像した。そうして極限まで硬くなった強ばりをしごき、狂おしい背徳感に包まれて多量の牡液を放出したのだ。

妹の汚れた下着を用いてのオナニーは、快感がひとしおだった。それゆえ、欲望を遂げたあとには、普段の自慰行為以上の罪悪感に苛《さいな》まれた。こんなことはもうやめようと、何度決意したことか。しかし、一度禁断の悦《よろこ》びを味わってしまえば、そこから抜け出すことは困難だ。むしろ、内にひそむ悪魔の囁《ささや》きが、行為をさらにエスカレートさせた。

模試の結果が思うようにあがらず、イライラしていたせいもあったのだろう。募るばかりの性欲にも負けて理性の箍《たが》をはずし、その晩聡志は、みのりの部屋に忍び込んだ。

時刻は午前二時過ぎ。彼女はぐっすりと眠っていた。室内には寝汗によるものだろう、いつもより甘ったるい匂いがこもる。嗅ぐだけで牡の情動を不安定にさせる、それは甘美なフェロモンだ。部屋に侵入する前からふくらみ始めていたペニスは、嗅覚を刺激されて完全勃起した。

足音を忍ばせてベッドに近づく。なまめかしさを増す少女の体臭に、聡志は頭がクラクラするのを覚えた。

このとき聡志は、具体的に何をしようと考えていたわけではなかった。ただ劣情のおもむくままに、妹の聖域に足を踏み入れただけだったのだ。

息を殺し、軽やかな寝息をたてるみのりをそっと覗《のぞ》き込む。行儀よくあお向けていた彼女が、そのときふいに寝返りをうった。

聡志は仰天した。思わず声を出しそうになったのを、両手で口を塞《ふさ》いでなんとか押しとどめた。

暑くて寝苦しかったのだろう。壁のほうを向いて横臥《おうが》したみのりは、薄い掛け布団を両脚で挟み込んでいた。その姿に、心臓がバクバクと壊れそうな鼓動を刻む。

上半身Tシャツという彼女は、下はパンティのみ。白い清楚な下着が、くりんと丸いおしりに張りついている。薄闇に浮かぶその光景は、たまらなくエロチックであった。

汚れた下着は何度も悪戯《いたずら》した。それはそれで魅力的であったが、やはり本体を伴ったものに敵《かな》うわけがない。

こちらに突き出された臀部は、裾《すそ》からはみ出したところも含めて、見るからに柔らかそう。まだ高校一年生ながら、充分に女の色香を湛《たた》えたヒップだ。パンティを毟《むし》り取り、肌のなめらかさとはずむ肉感触を直に味わいたいという衝動を抑え込むために、聡志は多大な理性を必要とした。

せめて薄布越しでもいい、触れたくてたまらなかった。だが、さすがにそこまでしたら起きてしまうだろう。彼にできたのは、むっちりした丸みに鼻面を寄せて甘い匂いを嗅ぎまわり、エロチックな眺めも堪能しながらペニスをしごくことだけであった。

ほとばしらせたものは、用意してあったティッシュで受け止めた。汚れ物の下着を悪戯したとき以上の罪悪感に苛まれつつ、聡志は妹の部屋をあとにした。

そんなことが三晩ほど続き、とうとう我慢できなくなった聡志は、みのりのおしりに手をのばした。ぐっすり眠っていたから、ちょっとぐらいさわっても大丈夫だろうと思ったのだ。

双丘に手のひらをかぶせても、彼女は目を覚まさなかった。指先に力を込め、つきたての餅のような臀部に浅くめり込ませても、眠り続けていた。

それで安心した彼は、妹の尻を撫で回しながらのオナニーに耽《ふけ》った。時には後ろの部分をTバックのように喰い込ませ、ぷりぷりしたお肉の感触を直に愉しむこともあった。それでもやはり、みのりは目覚めることがなかった。

女性器が見たい——。

聡志の欲望はそこへと移った。さすがにパンティを脱がしたら気づかれるだろう。だが、クロッチをそっとめくるぐらいなら、大丈夫なのではないか。

判断して、その晩彼はペンライトを手に、妹の部屋へと赴《おもむ》いた。

みのりは最初から下半身をあらわにして眠っていた。健康的なヒップを包むのは、白黒ストライプのパンティ。股間の布が二重になったところだけ模様がなく、そこが目標だと示してくれているようだった。

規則正しい寝息が続いているのを確認してから、聡志はそろそろと手をのばした。肌に触れないよう注意深く裾に指先を引っかけ、そっとめくる。

「ああ……」

ペンライトの光に照らされたその部分に、思わず感動の声が洩れた。

肌の色がほんのり濃くなったところに、くっきりと刻まれたわれめ。悪戯《いたずら》っ子が舌を出したみたいに、淡い色合いの花弁がちょっぴりはみ出したいたいけな眺めであった。

恥丘のほうは叢《くさむら》が繁っているようだが、陰裂の左右はすっきりしている。だから余計に幼く感じられたのかもしれない。

すでにセックス経験のあった友人がしたり顔で、

『女のアソコなんてグロいだけだぜ』

なんて偉そうに語っていたのを思い出す。そんなことないじゃないかと、聡志は心の中でそいつに反論した。みのりのそこは、神々しいまでに清らかであったからだ。

これまで付き合った男などいないはずで、彼女はバージンに違いない。性器の可憐《かれん》な佇まいからも、聡志はそうと確信した。

だが、いずれは見知らぬ男が、ここにペニスを突き立てることになるのだろう。そんなことを考えたら、胸が苦しいほどに締めつけられた。

いっそ、その前に自分が――。

許されない感情が一瞬浮かんだものの、さすがにそれはできない。だったら、せめて穢《けが》れる前に処女の証しを記憶に焼きつけようと、閉じた秘割れを開こうとした。すると、いきなりその部分が目の前から逃げた。

「え――」

驚いて顔をあげた聡志が見たものは、ベッドに身を起こしたみのりの、ひどく強ばった表情であった。

「お兄ちゃん、何してるのよ!?」

キツい口調で咎《とが》められ、頭の中が真っ白になる。

それから彼女とのあいだにどんなやりとりがあったのか、すっかりパニックに陥《おちい》ってしまった聡志は、ほとんど憶えていない。ただ、額を床にこすりつけて謝罪したのと、

「こんなこと、もう絶対にしないで。今度したら、パパとママに言いつけるからね。それから、今回のことは貸しにしておくわ。お兄ちゃんはもう、あたしに逆らえないのよ」

という、特に後半は優等生らしからぬみのりの最後通牒《つうちょう》だけが、記憶に鮮明に残った。

3

その後、兄妹《あにいもうと》の関係がギクシャクすることがなかったのは、みのりが以降も変わらず聡志と接してくれたからであった。

それに安堵《あんど》しつつも、彼は罪悪感が拭《ぬぐ》い去れなかった。しばらくは妹の顔がまともに見られない日々が続き、やがて普通に言葉を交わせるようになったものの、消せない罪の意識が胸の中でしつこく燻《くすぶ》っていた。

彼が志望校を地元の国立大学から都内の私立に変更したのは、みのりから離れたいという思いからだった。もう許してくれているのだとわかりつつ、いずれ蒸し返されるのではないかという恐怖はずっとあった。だから逃げるように上京したのだ。

大学での新しい生活と、そこでできた恋人との充実した日々に、聡志は過去の忌《い》まわしい出来事など、いつしか忘れてしまった。いや、忘れたつもりになっていた。

それから一年後、受験生になったみのりが志望校を自分と同じ大学にしたと聞かされたとき、聡志は不吉なものを覚えた。ひょっとしたら彼女は、あのことをネタに一生つきまとうつもりではないのかと、妹に対して疑心暗鬼《ぎしんあんき》に陥った。

「だって、お兄ちゃんといっしょのところなら、何かと便利じゃない。大学のことをいろいろと教えてもらえるし、同じ所に住めば部屋代だって浮かせられるでしょ。そうすれば、我が家の家計も助かると思うんだ」

去年の夏に帰省したとき、みのりは志望校選定の理由をあっけらかんと述べた。それで聡志はようやく、彼女があの出来事についてなんのわだかまりも抱いていないことを悟ったのだ。

だが、合格したにもかかわらず、みのりは上京してこなかった。

「なんか受験勉強だけでお腹いっぱいで、もう勉強する気がなくなったのよね。それに、あたしは大学でちまちま学問なんかするよりも、さっさと社会に出て働くのが性にあってると思うんだ」

もともと娘を手もとに置いておきたかった両親は、彼女の在宅を心から歓迎した。けれど聡志は、やはりあんなことがあったから兄とは一緒に暮せないのかと、また思い悩むことになった。ぶり返した罪悪感のせいで恋人ともうまくいかなくなり、結局別れた。

それが今回帰省してみれば、みのりからの突拍子もない要請。その理由は、

「あたし、彼氏ができたの。たぶん、そう遠くないうちにセックスすることになると思うんだ。ただ、彼も童貞みたいだし、あたしも経験がないから、うまくやれる自信がない

の。ほら、初体験がうまくいかなくて、別れちゃうカップルもいるじゃない。そうなりたくないから、事前に勉強しておきたいのよね」

という、まったくもって承服しかねるものであった。

「そんなの、実際にヤッてるのを見物しなくたって、AVでも観ればいいだろう?」

聡志は突っぱねたものの、

「お兄ちゃん、何も知らないのね。ああいうのは全部演技の嘘っぱちなんだから、ちっとも勉強にならないのよ。やっぱりナマの、普通のセックスが一番いいの。そのほうがリアルだし」

みのりの反論のほうが的《まと》を射《い》ているようであった。

「とにかく、セックスを見せてくれれば、あの貸しはチャラにしてあげるわ。そのほうがお兄ちゃんもすっきりするんじゃないの? なんか、ずっとあたしに対してビクビクしてたみたいだし」

そこまで言われては、取引を受け入れるしかなかった。

(みのりのやつ、おれがあのことをずっと気にしてたのを、知ってたのか)

ひょっとしたら同じ大学を受験したり、入学を取りやめたりしたのも、小心な兄をからかう意図があったのではないか。そんな想像をしたら、今度は無性に挑発的な気持ちになった。

（見てろよ。あのときのおれとは違うんだからな）

大学で知り合ったひとつ年上の恋人と初体験をし、回数を重ねてセックスにも慣れている。みのりは未だ処女というのなら、恥ずかしくて顔を背けたくなるような、大胆な行為を見せつけてやろう。

（『もうやめて』なんて泣いて頼んでも、絶対にやめてやらないからな）

意気込みながら、牡の情欲も沸き立たせていたのは、春に恋人と別れてからセックスがご無沙汰《ぶさた》だったせいもあったろう。

（木嶋真梨……たしかおとなしそうな、可愛《かわい》い子だったよな）

あんな子とできるというのなら、まさに据え膳。そして役得。

（ひょっとしたら、あの子もバージンかも）

早く処女を捨てたいと相手を探していて、その利害がみのりの希望と一致したのかもしれない。

（だったらますます愉しみだぞ）

年上の恋人はすでに経験があり、おかげで聡志は初めてのセックスもうまく導いてもらえた。処女としたことはないが、いちおう経験があるのだからなんとかなるだろう。やはり初めての男になれるということで、胸躍るものを感じる。

(いっそひどく痛がらせて、みのりの意志を挫《くじ》けさせるって手もあるな)

妹が他の男とセックスをするというのは、やはり愉快な気分ではない、処女地の可憐な佇まいが記憶にあるから、なおのことそう感じるのだろう。

(いっそ初体験も失敗して、そのまま彼氏と別れればいいのに)

そんな兄らしからぬことまで、聡志は考えていた。

4

「お久しぶりです、お兄さん」

一年ぶりぐらいに再会した真梨は、すっかり様子が変わっていた。おさげ髪の、見るからに純真で真面目そうな子だったのが、茶髪も鮮やかな垢抜けた少女になっていた。

「真梨も東京の大学なんだよ。向こうでオシャレに目覚めて、ボーイフレンドもいっぱい作ったんだって。大学デビューってやつ？　セックスの経験も、お兄ちゃんよりずっと多いんじゃないのかなあ」

みのりの紹介に、真梨はさすがに「ちょっと——」と眉をひそめた。

「人聞きの悪いこと言わないでよ。それじゃわたしが軽い女みたいじゃない」

「でも事実でしょ？　初めてセックスしたときだって、こんなに気持ちいいものだなんて知らなかったって、すぐにメールを送ってきたじゃない。そのあとも、新しい男の子とするたびに、ペニスの大きさや形がどうとか、それからテクニックがどうだって、事細かにレポートしてくれちゃってさ」

「みのりが知りたいと思ったからじゃない。バージンのくせに、けっこう興味ありそうだったし」

「大きなお世話よ。ま、そのおかげでこんなことが頼めるんだから、真梨の尻軽に感謝ってところだね」

「あー、ひっどい」

彼女たちの気の置けないやりとりに、聡志は圧倒されていた。女三人寄れば姦《かしま》しいと言うが、ふたりでもなかなかの賑やかさだ。

(しかし、女の子って変わるものだなあ)

真梨の変化にも戸惑う。田舎《いなか》の女の子から都会風のギャルに、まさに生まれ変わったという感じだ。

(まあ、処女じゃないっていうのは、ちょっと残念だけど、そのぶん気は楽かもしれない

な）

「でも、お兄ちゃんはひとりしか経験がないんだよね。その彼女とも、もう別れちゃったみたいだし」

余計なことを暴露するみのりに、聡志は顔をしかめた。

「へえ、そうなんだ。だったら、あたしがセフレになってあげてもいいですよ」

真梨の申し出にも気軽に同意できず、聡志は顔を背けるように室内を見回した。

そこはみのりの部屋であった。高校生の頃と少しも変わっていないから、自然とあの夜のことを思い出してしまう。

夏の昼下がり。外は三十度を超えているが、中はエアコンで快適な温度になっている。両親とも不在だから、多少派手な声や物音があっても大丈夫だろう。

「じゃ、シャワーを浴びてきていい？」

真梨が腰を浮かせかけたのに、みのりは「そのままでいいわ」と答えた。

「わたし、暑い中を歩いてきたから、汗くさいわよ」

腕の匂いを嗅いで不安げな顔をする友人に、みのりがにこやかに告げたのは、

「たぶん、お兄ちゃんはそういうののほうが好きだと思うわ」

という、驚きの発言であった。

（こいつ、まさかあのことを――）

汚れ物の下着を兄に悪戯《いたずら》されていたのを、知っていたというのか。しかし、そのことを確認する勇気は、聡志にはなかった。

「あ、お兄ちゃんのほうはさっきシャワーを浴びたから、ちゃんときれいになってるよ。心配しないで」

「それはべつにいいんだけど……まあ、お兄さんが気にしないって言うんなら」

戸惑いを浮かべつつ、真梨はサマーニットを脱ぎだした。レースたっぷりのブラジャーがあらわになり、聡志はドキッとする。さっそく始めようということらしい。

「ほら、お兄ちゃんも脱いで」

みのりに急かされて、聡志もノロノロとTシャツを頭から抜いた。

真梨はブラとお揃いのパンティだけ。聡志もトランクス一枚になり、ふたりでベッドにあがる。

「狭いベッドでごめんね」

みのりが謝ったのに、

「ううん。このほうが密着できるから、わたしは好きよ」

真梨が朗《ほが》らかに口許をほころばせる。

「じゃ、最初はキスからね」

まだためらいを拭い去れなかった聡志に、奔放《ほんぽう》な少女が抱きつく。リードされるままベッドに倒れ込み、彼女に覆いかぶさった。本当に汗をかいていたらしく、甘酸っぱい体臭が息苦しいほど鼻腔《びこう》を満たす。

唇を重ねると、真梨は最初から積極的に吸ってきた。聡志よりも先に舌を突き出し、貪欲に絡めてくる。

彼女の粘っこい唾液は、ほんのり甘かった。ここに来るまでのあいだ、飴《あめ》かガムでも口に入れていたのではないだろうか。そういう人工的な甘さだ。

「ン……んふ」

真梨が吐息をはずませる。すっかりその気というか、発情モードのスイッチが入ってしまったようだ。

舌を強く吸いたててくる彼女に翻弄《ほんろう》されつつ、聡志は手のひらを乳房のふくらみにかぶせた。ふにふにと柔らかなそこは、指がいくらでもめり込んでいきそう。揉みごたえがあり、手にすっぽりと入る適度な大きさだ。

（可愛いし、いいカラダをしてるし、これなら男たちもほっとかないだろうなあ）

経験豊富というのもわかる気がする。

と、何気に視線を横に向けた聡志は、みのりがこちらをじっと見つめているのに、腰の裏がゾクゾクするのを覚えた。

（本当に最後まで見るつもりなのか？）

袖《そで》なしのミニのワンピースという子供っぽいいでたちの彼女は、表情も真剣。夏休みの自由研究で観察をする、真面目な少女といった趣《おもむき》だ。

そのとき、股間に触れてきたものがあった。ジワリと広がった快美に、聡志は呻《うめ》きをこぼした。

「うふ。お兄さんの、もう硬くなってる」

唇をはずした真梨が、悪戯っぽい笑みを浮かべる。トランクス越しに捉えた牡器官に、ニギニギと強弱を加えた。

「う、ああ」

やはり慣れているらしく、ツボを的確に押さえた愛撫であった。直にいじられているわけではないのに、腰をよじってしまうほどに快い。肉根はさらに猛《たけ》り、早くも先走りをこぼしているようだ。

「ね、ちょっと交替」

促され、聡志は訳のわからぬまま、彼女とからだを入れ替えた。仰向けになったところで、トランクスに手をかけられる。

「はい、脱ぎぬぎしましょうね」

幼児扱いされたのにも戸惑うことはなく、素直に腰を浮かせる。しかし、脱がされたところで「やン」と小さな悲鳴が聞こえ、みのりに見られていたことを思い出した。

「わ、元気」

隠そうとするのより先に、真梨の指が屹立《きつりつ》にまといつく。より鮮やかになった快感に、聡志は背すじを震わせてのけ反った。

「ほら、みのり。見てごらんよ」

そんな呼びかけまで耳にして、聡志は慌てた。

目の前でセックスをするということは、当然ながら昂奮状態のペニスも見られることになる。けれど、そこまで考えていなかったのだ。まして、真梨がワザと勃起を見せるような行動に出るなど、予想もしなかった。

「ちょ、ちょっと――」

焦《あせ》って彼女の手を払おうとした聡志であったが、みのりがにじり寄ってきたのを認めて啞然《あぜん》となる。

（おい、マジかよ……）

表情にわずかな怯《おび》えを浮かべつつも、妹はそそり立つものから視線をはずさなかった。その熱っぽい眼差しが、聡志の中に奇妙な昂ぶりを生じさせる。

「ほら、これがアソコに入っちゃうんだよ」

新しく買ったブランド品でも自慢するみたいに、真梨が手にした肉棒を誇示する。そこにためらうことなく顔を近づけ、みのりはしげしげと観察した。

「こんなに大きくなるものなの？」

問いかける声はわずかに震えていた。

「うん、こんなものだよ。お兄さんは普通サイズだね」

「……昔見たのと全然違う」

どうやら幼い頃に目撃した兄のそこと比べているらしい。

「そりゃ、コドモの包茎チンチンとは違うわよ。その頃は、先っちょもこんなふうに剝《む》けてなかったでしょ？」

「うん……ね、最初にセックスしたとき、怖くなかった？」

「初めてのときはね。でも、意外とすんなり入っちゃったからさ、わたしの場合は。痛かったり、出血する子もいるみたいだけど、それだとけっこう怖いかも」

「ふうん……」

みのりは神妙な顔つきだ。牡の剛直が自らの処女膜を切り裂く場面でも想像したのか、小さくかぶりを振る。

「なんなら、さわってみる？」

真梨の誘いにも驚かされたが、それにみのりが「うん」とうなずいたことが、聡志には信じられなかった。そして本当に、可憐な手が怖《お》ず怖《お》ずとのばされる。

「う——」

妹の柔らかな指がペニスに巻きついたとき、聡志は危うく射精しそうなほどに高まり、快美の呻きをこぼした。

「硬い……それに熱いわ」

つぶやいたみのりが、初めて手にするものの感触をたしかめるように、握りに強弱をつける。牡の扱いを心得た真梨と違い、それは本当にただ握っているだけという触れかただ。

にもかかわらず、聡志は遥《はる》かに大きな悦びを得ていた。

（みのりが、おれのを——）

実の妹に勃起を握られているという背徳感が、快感を高めるのか。尿道を熱い粘りが伝うのをどうすることもできない。

「この、先っちょに丸く溜まってる透明なやつがアレ？」

「そうよ、ガマン汁。男の人が気持ちよくなると出てくるやつ」

みのりもいちおうの知識は持っているらしく、そんなやりとりを交わす。一方聡志は、彼女の柔らかな手指の虜《とりこ》になっていた。

（なんて気持ちいいんだ……）

慈《いつく》しむような握りかたもたまらない。指をはじきそうなほどの勢いで、硬直をビクンビクンと小躍りさせる。

もしもそのましごかれでもしたら、十秒と保たずに射精したであろう。しかし、みのりは間もなく手をはずしてしまった。

「じゃ、フェラチオするから見てて」

交替して硬直を受け取った真梨が、それを深々と咥《くわ》え込む。温かく濡れた中にひたり、ねっとりした舌を絡みつかされるのはたしかに快かったが、みのりに握られたときほどには感じなかった。むしろ、

「ふうん、そんなふうにするのか」

興味深げに友人の口許を覗き込む、妹の視線のほうにゾクゾクした。

（どうしちまったんだ、おれ——）

みのりに対して、どうしてこんなにも狂おしい感情を抱いてしまうのだろう。浪人時代、ただ欲望を持て余して妹に悪戯をしたと思っていたが、実は激しい恋慕《れんぼ》にかられての行動だったとでもいうのか。

混乱した聡志は、真梨が男根をしゃぶりながらパンティを脱いでいたのに、少しも気がつかなかった。

「お兄さん、わたしのも舐《な》めて」

真梨が逆向きで顔を跨《また》いでくる。シックスナインをしようとしているのだとわかったが、眼前に迫るくすんだ色合いの女性器に、聡志はなんの感動も覚えなかった。かつて目にしたみのりの可憐な秘割れとは、比べ物にならない。

「むグ——」

陰部が口許に押しつけられる。洗ってなかったせいか、濃厚なチーズ臭をこもらせていた。狭間に淫蜜も溜めていたらしく、すぐに唇がヌラつく。

一瞬嫌悪を覚えたものの、聡志はほとんど反射的に舌を出した。物欲しげに収縮する女芯をぴちゃぴちゃとねぶる。

ペニスも再び彼女の口に潜り、チュッと吸われる。茶髪の頭が上下して、筋張った棹《さお》が唇でこすられた。

相互舐め合いに昂奮が高まる。しかしそれは、愛撫を施されるところが快いからではなかった。

「わ、いやらしいの……」

みのりのつぶやきが聞こえる。他の女と性器を舐めあっているところを妹に見られているのだと、そのことに聡志は胸を高鳴らせていた。

(見てるんだ……あいつ)

どんな顔をしているのかと思い、顔を横に向ける。けれど、跨いだ真梨の太腿《ふともも》が邪魔をして何も見えない。それが焦《じ》れったくて、わざと派手な音をたてて淫部をすする。

チュチュッ、じゅるるるッ——

「んふ……ン、ふううう」

肉根を頬張《ほおば》ったまま、真梨が切なげな呻きをあげる。むっちりした尻肉がワナワナと震え、かなり感じている様子だ。

(こんなのを見せつけられたら、みのりもたまらなくなるんじゃないだろうか)

むしろそうなればいいと、聡志は思った。彼氏と初体験をするより先に、ここで一度お兄ちゃんのペニスを試しておきたい——と、そういう流れになってくれればと。

実の妹と結ばれる場面を想像して、聡志はいっそう昂ぶった。全身が熱くなり、クンニリングスにも熱が入る。唾液がまぶされてますます生々しい匂いを放つ華芯を、厭《いと》うことなく貪欲に舐めすする。

「んんッ——ぷあっ。お、お兄さんってば、激しすぎるぅッ」

堪え切れなくなったふうに強ばりを吐き出した真梨が、息を荒らげる。尻の筋肉を悩ましげにすぼめ、全身をくねらせた。

「ね、それはもういいから……しよ」

どうやらほしくてたまらなくなったようだ。できればみのりと結ばれたいと考えていた聡志であったが、先に真梨としてからでも遅くはないだろう。友達が快感によがり泣くところを見せつけ、自分もしたいという気持ちにさせればいい。

真梨が身を剝《は》がし、視界が開ける。ベッドの下に目を向けると、床にぺたりと尻をつけたみのりがいた。

頰が赤い。聡志と目が合うなり、焦ったように顔を背けた。

(だいぶその気になってるみたいだな)

胸躍る気分でまた真梨と入れ替わり、仰臥《ぎょうが》した彼女に覆いかぶさる。

「挿《い》れるよ」

聡志はみのりを横目で窺《うかが》いながら告げ、熱い女芯にずむずむと押し入った。

「ふあ——っ、あうぅぅッ」

真梨が背中を浮かせて喘《あえ》ぐ。奥まで貫いたところで、内部がキュウッと狭まった。

「おお」

濡れ襞《ひだ》の心地よい締めつけに、聡志も呻きをこぼす。

友人が兄のペニスを受け入れるところを、みのりが瞬《まばた》きもしないで見つめている。腰がモゾモゾと動いていたから、悩ましさを持て余していたのかもしれない。

聡志は結ばれている少女ではなく、ベッドの下から熱い視線を送る妹のほうを意識して、腰を使いだした。

「うあ、は、ああっ、ア、感じる——」

ベッドの軋《きし》みとよがりが交錯する。経験豊富なだけあって、真梨は反応も豊かであった。

掲げた両脚を休みなく動かす。身をくねらせ、間断なく喘ぐ。膣内も奥へ導くような蠢《うごめ》きを示し、えも言われぬ快感を与えてくれた。

「はう、ううウッ、もっとぉ」

聡志の上腕をギュッと掴《つか》み、真梨が貪欲に悦びを求める。もはや友達に見られていることとなど意識していないのだろう。ひとりの牝になって、セックスを享受していた。

(どうだ……この、これなら――)

聡志はみのりの目を意識して、からだを勢いよくはずませた。女窟を容赦なく抉《えぐ》ると、結合部からピチュクチュと粘っこい音がこぼれる。それは妹の耳にも届いているはずであった。

「ああ、あああ、気持ちいい――ヘンになっちゃうぅ」

真梨のあらわな声が、室内にわんわんと反響する。みのりにとっては日常の象徴とも言える空間が、すっかり淫らな色合いに染められていた。そして、今夜眠るはずのベッドにも、兄と友人の汗や淫液が滴《したた》り落ちる。

(もう、ここで落ち着いて眠ることもできなくなるんじゃないだろうか)

みのりは圧倒されたふうに、男女の行為に見入っていた。両手を腿のあいだに挟み、ときおり悩ましげに唾を呑み込む。おそらく、パンティの底をぐっしょりと濡らしているのではないか。

(お前もしたいんじゃないのか?)

心の中で問いかけたが、彼女は決して動こうとはしなかった。本当に見物するだけという態度で、真梨に声をかけることもしない。

聡志のほうは、そんな妹に不満を抱いた。

(なんだよ。本当に見るだけなのか?)

休みなく抽送を続けつつ、苛立《いらだ》ちも覚える。これを参考にして、彼氏とも同じことをするつもりなのかと、そんなことを考えたら嫉妬《しっと》で頭がおかしくなりそうであった。

「あ、あッ、いっちゃう」

真梨が切羽《せっぱ》詰まった声をあげ、膣の締まりが著《いちじる》しくなる。それにより、聡志も急上昇した。

「う、おれも」

奥歯を嚙み、すぐに爆発しないようどうにか堪える。

「うあぁッ……い、いいよ。お兄さんの、あぁッ——中にちょうだい」

「わかった」

聡志は募る快感に神経を蕩《とろ》かせながら、一心に腰をぶつけた。

「ああ、ああ、イク——ふぅうううッ!」

「う、あああ、出る」

ガクンガクンとエンストしたみたいに腰が跳ね、めくるめく快感に包まれて聡志は精をほとばしらせた。

「はあああ、イクぅッ!!」

嬌声をはりあげた真梨が、全身をブルブルと震わせてしがみついた。

ありったけの熱情を注ぎ込んだあとは、次第にからだが冷えてくる。聡志は柔らかな女体に体重をあずけ、汗で湿った肌を重ねて呼吸を落ち着かせた。

「ありがと、参考になったわ」

そのとき、みのりの声がやけに遠くから聞こえた。

「あたしは席をはずすわ。まだし足りなかったら、続きをしてもいいわよ。終わってから、下でシャワーを浴びてちょうだい」

やけに覚めたふうな口調に聡志がふり返ると、部屋から出てゆく妹の後ろ姿が、一瞬だけ見えた。

5

東京に戻る特急列車で、聡志は偶然真梨と一緒になった。

「あ、どうも」

「ども……」

一度肉体を重ねた仲にもかかわらず、妙に他人行儀な挨拶を交わしたのは、やはり照れくさかったからだ。好きあった者同士が結ばれたのとは違い、ただ引き合わされて関係を持っただけ。どんな顔をすればいいのか、聡志もわからなかった。

(あのときは、あんなに求めあったのに)

結局、聡志は真梨の中に三回射精した。体位を変え、途中でまた舐め合ったりもしながら、二時間以上も濃厚なときを過ごした。

真梨が貪欲に求めてきたからというのもある。だが、自棄《やけ》気味に彼女の肉体を責め苛《さいな》んだのは、みのりが部屋を出ていったからだ。本当にセックスが見たかっただけなのかと落胆させられ、行き場のない想いをぶつけるように妹の友人を抱いたのだ。

今回、もっとゆっくりしていてもよかったのに、早々に実家をあとにしたのは、みのりと同じ場所にいるのが息苦しかったせいもある。あのあとも、彼女は普段通りに明るく振る舞い、それにも苛立ちを覚えた。彼氏とセックスでもなんでもすればいいと、聡志は不《ふ》貞腐《てくさ》れた気分で東京に向かおうとしていた。

(あいつはあいつで、好きにすればいいさ)

借りはチャラになったのだ。もう罪悪感を抱く必要もない。

自由席で、聡志は真梨の隣に坐った。あのときの話題には触れず、ポツポツと言葉を交わすうちに、多少は打ち解けてくる。

「そう言えば、真梨ちゃんはみのりの彼氏と会ったの？」

妹はいったいどんなやつと付き合っているのか。なんとなく気になっていたことを訊《たず》ねると、真梨は困ったふうに唇を歪《ゆが》めた。

「……会ってないわ。ていうか、もとからいないのに、会えるはずもないけど」

理解し難い返答に、聡志は「え、どういうこと⁉」と訊き返した。

しばらく迷う素振りを見せていた真梨であったが、やがて決心したふうに大きく息を吐き、口を開いた。

「みのりには黙ってるように言われたけど……このままだとわたしも心苦しいから、全部話すわ。みのりがわたしとお兄さんにセックスをさせたのは、自分が兄離れをするためだったのよ」

「兄離れって？」

「だから、みのりはお兄さんのことが好きだったの」

「まさか――」

「本当よ。でも、いくら好きだからって、兄妹《きょうだい》じゃどうにもならないでしょ。だからすっぱり諦めるために、目の前で他の女とセックスさせたっていうわけ」

打ち明けられたことは到底信じ難く、聡志は言葉を失った。

「お兄さん、ずっと前に、寝ているみのりにイタズラしたことがあったでしょ？　それから、汚れたパンツを漁《あさ》ったりとか」

下着のことも、みのりはやはり知っていたのだ。驚きはなかったが、自己嫌悪がこみ上げる。

「わたし、あの子から相談されてたの。まあ、当時はわたしも、男の子のそういう欲望のこととかわからなかったから、何もアドバイスできなかったけど」

「相談……兄貴からそういうことをされて、嫌なんだけどどうすればいいって？」

「違うわ。全然嫌じゃなかったんだって。だからどうすればいいのかわからなくなってたのよ」

「嫌じゃない……どうして？」

「だから、お兄さんのことが好きだからなの。妹じゃなく女として見てもらえて、むしろうれしかったのよ」

では、いくら尻を撫で回しても起きなかったのは、眠ったフリをしていたということなのか。掛け布団を抱え込んで下半身をあらわにしたのも、あるいはワザと見せるためであったとか。

（つまりみのりも、おれと同じ気持ちだったっていうことなのか――）

兄が妹に対して許されない感情を抱いたように、妹のほうも禁断の想いを持て余していたなんて。

そのとき、不意に気がつく。あのとき、みのりが『貸しにしておく』なんてキツいことを言い放ったのは、深みにはまりそうな自分たちの目を覚まさせるためだったのだ。

（じゃあ、あいつは……）

一度は兄と同じ大学を目指したのは、己の気持ちに正直になろうとしてだったのかもしれない。だが、やはりそれは許されないことと、直前で踏みとどまったのだろう。

「みのり、悩んでたわ。お兄さんがあのことをずっと気にしているみたいだって。それから、お兄さんが好きっていう自分の気持ちも、前と全然変わらないって」

だからすべてにケリをつけるために、今回のことを計画したというわけか。自らを傷つけることで、兄をすっぱり諦めようと。

（妹が……みのりがそこまで悩んでいたっていうのに、兄貴のおれは――）

腑甲斐《ふがい》なさに、自分を殴りたくなる。それよりも、すぐにでも引き返したかった。家に戻り、妹を抱きしめてやりたかった。

「……お兄さん、みのりに会いたい？」

真梨の問いかけに、聡志はハッとして彼女の顔を見た。訴えかける眼差しに、また何も言えなくなる。

「駄目よ、あの子の決心を無にするようなことをしちゃ。みのりは、すっごく苦しんでたんだからね。たぶん、今も――」

そんなことはわかっている。しかし――。

胸から溢《あふ》れ出す想いが、瞼《まぶた》の裏を熱くする。聡志は眉間にシワを寄せ、泣くまいと唇を嚙みしめた。

「たぶんみのりは、お兄さんへの愛情が妹のそれになるまで、誰とも付き合わないと思うわ。だから、お兄さんは早く彼女を作って、みのりを安心させなきゃいけないの。それがあの子を救うことになるんだから」

声を震わせてのことばに、聡志は黙ってうなずいた。

列車が走る。故郷がどんどん遠くなる。そして、妹も――。

(あいつが兄離れをするのなら、おれは妹離れをしなくちゃいけない)

そして、ごく当たり前の兄妹にならなければいけないのだ。

「お兄さんに彼女ができるまでのあいだ、セックスの処理だったら、わたしがいくらでもしてあげるわ。お兄さん、なかなかのテクニックだったし。またいっぱい感じさせてほしいな」

真梨が冗談めかして言ったのに、聡志は「こちらこそお願いするよ」と、泣き笑いの顔で答えた。

（今度みのりに会うときには――）

兄として、優しい笑顔を見せてやれるだろうか。そうしなければいけないのだと、窓の外に流れる景色を眺めながら、聡志は何度も瞬きをした。

淫《みだ》ら風薫る

睦月影郎

著者・睦月《むつき》影郎《かげろう》

『おんな秘帖』で時代官能の牽引役になり、その後も次々と作品を発表、今最も読者を熱くする作家である。一九五六年神奈川県生まれ。作品に『やわはだ秘帖』『おしのび秘図』『おんな曼荼羅』『ほてり草紙』など多数。最新刊は『のぞき草紙』。

1

（あれ？　何か入っている……）

バイトから戻り、シャワーを浴びた浩之《ひろゆき》は、テレビに接続したＤＶＤのハードディスクに何か映像が録画されているのを見つけた。

何か録画した覚えはない。特に決まったテレビ番組は観ていないし、たまに借りて観るアダルトＤＶＤも、いちいちハードディスクに録画することなどないのだ。

怪訝《けげん》に思いながら、浩之は再生のスイッチを押した。

竹田《たけだ》浩之は二十歳《はたち》になったばかり。文学部の大学二年生で、居酒屋でバイトしている。今日も大学を終えて仕事をし、賄《まかな》いの夕食も終えて帰宅したところだ。

ここは都下郊外にある古いアパート、浦見《うらみ》荘の一階。住んで二年目になる部屋は六畳一間に三畳のキッチン、狭いバストイレがある。

六畳間は万年床と机、本棚にテレビなどが狭いながら機能的に配置されていた。

明日は休みなので、これから寝しなにゆっくりオナニーでもしようと、テレビをつけたところで、ＤＶＤデッキの保存録画に気がついたのである。

今は給料前で、アダルトDVDを借りる金もなかったから、今夜はテレビを観て、アイドルや女子アナの顔を見ながら抜こうと思っていたのだ。

やがて彼は布団に横たわり、ティッシュを引き寄せて、いつものオナニー体勢になった。画面には映像が現われ、一人の美女が映し出された。

(うわ、可愛い……)

画面の美女は、何とも愛くるしい顔立ちをした、黒髪の長い十八か九の若い娘だ。しかも全裸で横たわり、惜しげもなく形良いオッパイと丸みのある腰、むっちりした白い太腿《ふともも》を晒《さら》していた。

しかも股間の茂みもはっきり見えているので、どうやら裏モノのようだ。見た記憶がないので、あるいは友人から借りた裏DVDをダビングし、そのまま忘れていたのかも知れない。

「ね、見て……」

画面の中の美女が、黒目がちの大きな眼差《まなざ》しをこちらに向け、小さく言いながら大股開きになった。

画面いっぱいにM字開脚になり、ワレメが丸見えになった。

(な、なんて色っぽい……!)

浩之はゴクリと生唾《なまつば》を飲み、思いがけなくソソる映像に目を凝《こ》らし、激しく勃起していった。

茂みはふんわりと柔らかそうで、股間のぷっくりした丘に煙《けぶ》っていた。全体がぽっちゃりしているのでワレメも肉づきが良く、丸みを帯びている。

はみ出した花びらも綺麗なピンクで、うっすらと潤《うるお》っているのが分かった。

やがて彼女が両の人差し指をワレメに当て、グイッと陰唇を左右に開いたのだ。

微《かす》かに画面から、ピチャッと湿った音が聞こえ、中身が丸見えになった。

（うわ、なんて強烈……！）

浩之は目を見開き、美女の神秘の部分に注目した。

中はヌメヌメと潤うピンクの柔肉だ。下の方には細かな花弁状の襞《ひだ》に囲まれた膣口が艶《なまめ》かしく息づき、ポツンとした小さな尿道口まで確認できた。

そしてワレメの上の方には小指の先ほどの包皮の出っ張りがあり、真珠色の光沢あるクリトリスが顔を覗《のぞ》かせていた。さらに割れ目の下の方、お尻の谷間には可愛いツボミまで見えているではないか。

まるで彼女のかぐわしいフェロモンさえ、画面から漂《ただよ》ってくるようだった。

やがて美女は、開かれたワレメ内部を指でいじりはじめた。

クチュクチュと湿った音が聞こえ、愛液の量も増してきた。

「ああ……」

彼女も喘《あえ》ぎはじめ、白く滑《なめ》らかな肌が、うねうねと妖《あや》しく悶《もだ》えた。

彼女は指の腹でツンと勃起したクリトリスを、小さく円を描くようにこすり、そのたびに柔肉や膣口が様々に表情を変えた。

ときには彼女が指の先を膣口に入れ、掻《か》き回すように動かした。透明な蜜《みつ》が白っぽく濁り、それが膣口の周りの襞にネットリとまつわりついた。

さらに彼女は右手でワレメをいじりながら、左手では形良いオッパイを揉み、指でピンクの乳首をつまんでいた。

その向こうで、喘ぐ顔がのけぞった。

浩之も、堪《たま》らずオナニーを開始し、画面の彼女と一緒に高まっていった。

「ああ……、い、いく……！」

彼女が弓なりに反り返り、画面の方に股間を突き出しながら口走った。そして腰をガクガクと跳ね上げながら、指の動きを激しくさせた。

ピチャクチャいう卑猥《ひわい》な音がリズミカルに続き、膣口から溢《あふ》れる愛液は肛門の方にまで滴《したた》っていた。

「アアーッ……！」

彼女が声を上げ、激しくのけぞって絶頂に達すると同時に、右手の動きを速めた浩之も大きなオルガスムスの快感に全身を貫かれていた。

「く……！」

身悶えながら呻《うめ》き、彼は慌てて左手でティッシュを取り、ドクドクと噴出する熱いザーメンを受け止めた。

思いがけない快感を嚙《か》みしめて硬直し、彼は最後の一滴まで絞《しぼ》り尽くしてから、ぐったりと力を抜いていった。

そして、まだザーメンを拭《ぬぐ》う気力も湧かないまま、快感の余韻に浸《ひた》って画面に目をやった。

彼女も、四肢を投げ出してハアハアと荒い呼吸を繰り返していた。

しかし、その時である。彼女が吐息混じりに小さく言ったのだ。

「好き……、浩之さん……」

「え……？」

彼は、思わず息を詰めて半身を起こした。

画面の中の彼女を見ると、もう口は開かず、目を閉じてうっとりと呼吸を整えているだけだ。

　その時、浩之は気がついた。

　画面の中、彼女が横たわっている布団、後ろにある机と本棚。それは、この部屋そのものではないか！

「なに？　そ、そんなバカな……！」

　浩之はガバッと起き上がり、画面に近づいて目を凝らした。

　間違いない。それはこの部屋であり、彼女は、ちょうどこの位置、テレビ画面に向かって脚を開いている形だった。

「ま、まさか、そんなことが……！」

　浩之はザーメンを拭《ふ》くのも忘れ、ただテレビの前に座って呆然《ぼうぜん》としていた。

　まるでテレビ画面を境に、こちらと向こうに二つの世界があるようだった。

　彼はリモコンを手にし、もう一度最初から見直そうとした。

「あれ……？　おかしい……」

　しかし、いったん画面が消えてしまうと、もう二度とその映像は映らなくなっていたのである。

　保存された画像は何もなくなり、ただ画面からは、深夜のバラエティが流れているだけだった。

どうやら一度見ただけで、消滅してしまったようだった。浩之は怖くなり、布団に潜り込んで無理にでも寝ることにした。

怖いのでテレビをつけっぱなしにしていたが、またテレビから彼女が出てくるともっと怖いので、部屋の灯りを点け、テレビは消して寝たのだった。

2

（あれは、何だったんだろう……）

翌朝になり、浩之はあれこれ考えた。

何とかインスタントラーメンで朝食は終え、朝もシャワーを浴びてから布団の上に座り、昨夜のことを思い出していたのだ。

可能性としては、このDVDデッキは友人からもらった中古で、相当使い古したものだったから、急に故障したことは充分に考えられる。

だから、二度と映らなかったのは、それで解決したことにする。

ただ、どうして女の子がこの部屋に居たのだろうか。勝手に入って自分のオナニーを、持ち込んだカメラで録画し、このDVDのハードディスクに保存して帰り、愛のメッセージを残した、あるいは――、悪戯《いたずら》で行なった。

浩之は童貞で、付き合っている彼女は過去にも現在にも居ない。この部屋に入ったのは大学の友人数人、もちろん男だけだ。

ドアと窓の施錠は、一階だけに浩之は神経質になっているから、掛け忘れて外出することだけは絶対にない。もちろん合鍵を持っている友人は一人もいなかった。

（あるいは……）

他の部屋の住人が、天井裏から伝って入ってきた。あるいは天井裏にでも勝手に棲《す》みついているのではないか。

そうなると、天井裏を確認するのも怖くなってきた。

そして、最も可能性が高いのが、夢だったという結論だ。

確かに昨夜は疲れて帰り、横になってオナニーしようとしたまま眠ってしまったことも考えられる。第一、DVDのハードディスクには何も入っていないのだから、何の証拠も残っていないのである。

今日になって彼は念入りに室内を調べたが、髪の毛一本落ちていないし、彼女が使ったであろうこの布団にも、何ら女の匂いは残っていなかった。

大学か、居酒屋の客で気に入った女の子が印象に残り、それが無意識に夢に出ただけではないだろうか。

（そうだな、それしかないか……）

浩之がそう思ったとき、いきなりドアがノックされた。

「ひゃっ……！」

布団に座っていた彼は十数センチ跳び上がり、慌《あわ》てて立ち上がった。まだ昼前だ。外は梅雨《つゆ》の晴れ間で明るいので、そんなに怖がることもない。

「はい……」

「申し訳ありません。浦見です」

浩之がドアの内側から言うと、すぐ女性の声で応答があった。アパートの隣に住んでいる大家だ。彼は安心してロックを外し、ドアを開けた。

「いきなり済みません。少しお話があるのですが、構いませんでしょうか」

大家の主婦、三十代後半の由利子《ゆりこ》が言い、ふんわりした甘い匂いを漂わせた。

「はい。大丈夫です。どうぞ、散らかってますが」

浩之が言うと、由利子も立ち話では済まない込み入った用件らしく、すぐに遠慮なく上がり込んできた。

ここへ女性が入るのは、浩之が知る限り初めてである。

少し緊張しながらも胸が弾《はず》んだのは、由利子が美人だからだ。たまに道で挨拶《あいさつ》しても、なんて綺麗な熟女だろうと思い、オナニー妄想でお世話になったことも一度や二度ではないのだ。

セミロングの黒髪に切れ長の眼差し、清楚《せいそ》な印象の割に巨乳で、腰のラインも実に豊満に熟《う》れていた。

「あ、どうかお構いなく」

キッチンに立とうとした浩之を制して言い、由利子は万年床の横の、僅《わず》かな畳のスペースに座った。

エロ本なども散らばっていないし、割に整頓はしている方だ。浩之も彼女の前に行き、他に場所もないので布団の上に座った。

そして話を聞く体勢になると、すぐに由利子が口を開いた。

「実は、本当に申し訳ないことなのですが、うちの娘、薫子《かおるこ》が、勝手にこの部屋に入ってしまいました」

「あ……」

由利子の言葉に、思わず浩之は声を上げた。なるほど、大家の娘ならこっそり合鍵を持ち出すことも可能だろう。

そして今思えば、画面の女の子はどことなく、この由利子に似ていた。

「やはり、思い当たるのですね……」

「い、いいえ、何かあったわけではありませんし、言われなければ気づかなかったことですから……」

そう言いつつ、浩之は疑念が解消して、心からほっとしていた。

どうやら由利子は、娘の薫子が勝手に合鍵を持ち出したところを見咎《みとが》め、白状させたのだろう。もちろん薫子は、オナニーしたことまでは母親に言っていないだろうが、叱《しか》られて今ごろ部屋で塞《ふさ》ぎ込んでいるのかも知れない。

だが浩之は、この由利子に、あんな高校を出たぐらいの娘が居るということは知らなかった。

もっとも生活のサイクルが違えば行き会うこともないし、大家と店子《たなこ》だからといって、家族全部を熟知しているわけではないのである。

むしろ浩之は、隣家に年頃の美女がいることで心が浮かれてきた。

そして由利子が高校を出てすぐ結婚して出産し、薫子が高校を出たぐらいの年なら、この由利子は三十七歳ぐらいかな、などと取り留めもなく思った。

「それでお願いなのですが、もちろん二度とあのようなことはさせませんが、万一、あの子がここへ来るようなことがあったら、断固として追い出してくださいませ」

「は、はあ……」

薫子の彼氏としては、失格という意味だろうか。浩之は気のない返事をした。

すると何と、いきなり由利子がブラウスのボタンを外しはじめたではないか。

「そうして頂けるのなら、私のことは自由にしてくださって構いません……」

「え……？　そ、そんな、何を一体……」

戸惑《とまど》っているうちにも、彼女は立ち上がってスカートを脱ぎ、ブラウスとパンストまで脱ぎ去ってしまった。

そして色っぽい黒のブラとショーツ姿になって、彼の普段着であるジャージに手をかけてきたのだ。

「さあ、どうか脱いで。それとも、恋人がいるの？　私が相手では嫌？」

「い、嫌じゃありません！　恋人もいません！」

浩之は元気よく答え、スイッチが切り替わったように自分で手早く脱ぎはじめた。

こんなチャンスは二度とないだろう。風俗さえ行ったことのない二十歳。今までモテなかったのは、今日この時の幸運のためだったのだ。

童貞喪失の相手として、美しく熟れた由利子は申し分ない。

たちまち彼はトランクスだけになり、布団に横になりながら、最後の一枚を羞《は》じらいながら脱ぎ去った。もちろんペニスは、はち切れそうにピンピンに突き立っていた。

やがて由利子も、ためらいなくブラとショーツを脱ぎ去り、一糸まとわぬ姿で添い寝してきたのだった。

3

「もしかして、初めてかしら……？」

興奮に震《ふる》えている彼に熟れ肌をくっつけ、由利子が囁《ささや》いた。

「え、ええ……」

浩之は緊張しながら頷《うなず》き、眩《まぶ》しくてろくに彼女の身体も見ることが出来なかった。

「分かったわ。じゃ私が最初にしてあげる」

由利子は言い、彼に腕枕してくれ、整った顔を近づけてきた。

ぽってりとした色っぽい唇が、ピッタリと彼の口に密着してきた。これが、記念すべき彼のファーストキスとなった。

柔らかく、ほんのり濡れた感触が伝わり、熱く湿《しめ》り気ある、花粉のように甘い息の匂いが鼻腔《びこう》を刺激してきた。

唇が触れ合ったまま開き、ヌルリとナメクジのような舌が侵入してきた。思わず前歯を開いて受け入れると、それはヌラヌラと彼の口の中を隅々まで舐《な》め回した。

浩之もそっと舌を触れ合わせると、由利子の長い舌が嬉々としてからみつき、生暖かくネットリとした唾液が流れ込んできた。

喉を潤すと、何とも甘美な悦びが全身に広がっていった。

やがて浩之が、すっかり美女の唾液と吐息に酔いしれると、ようやく彼女は唇を離し、彼の耳朶《じだ》をそっと噛み、首筋を舐め下りて乳首に移動していった。

美しいが、ごく普通の主婦が、こんな大胆で慣れたテクニックを持っているのだろうか。いや、それは童貞の彼には分からないことで、どの人妻も、みなこの程度のことは行なっているのかも知れない。

「あぁッ……、気持ちいい……」

乳首を舐められ、浩之は思わず喘《あえ》いだ。彼女は熱い息で肌をくすぐりながら、チロチロと舌先で刺激し、さらに軽くキュッと噛んでくれた。

それを左右交互に行なわれるうち、彼はペニスに触れられる前に暴発してしまいそうなほど高まっていった。

両の乳首を舐めると、さらに彼女が臍《へそ》から下腹へと舌を下降させていった。

たまに彼の内腿に、巨乳がムニュッと触れてきた。

そしてとうとう、由利子の熱い息が彼の股間に吐きかけられ、幹がやんわりと握られた。さらに身構える暇《ひま》もなく、先端にヌラヌラと舌が触れてきたのだ。

「アア……、で、出ちゃう……」

「いいわ、一回出してすっきりしなさい。そして落ち着いてから、もう一度ゆっくり」

由利子が股間から答え、さらに張りつめた亀頭を丁寧に舐め回し、尿道口から滲《にじ》む粘液も舐め取ってくれた。

「ああ……、も、もう……」

浩之は喘ぎながらも、懸命に肛門を引き締めて耐えた。一回出せと言われているのだから我慢しなくて良いのだろうが、やはり少しでも長く、この目眩《めくるめ》く体験を長引かせたいのである。

由利子は、舌先で幹を舐め下り、陰嚢にもしゃぶりついてくれた。ここも実に心地よい場所だ。

袋に満遍《まんべん》なく舌を這《は》わせ、二つの睾丸を舌で転がし、優しく吸ってくれた。

さらに彼の脚を浮かせ、何と肛門にまでチロチロと舌を這わせ、ヌルッと浅く押し込んできたのだ。

「あうう……！」

彼は、熱い息が肛門から吹き込まれるような快感に呻《うめ》き、キュッと彼女の舌を締めつけた。肛門で美女の舌を感じるとは、何という贅沢《ぜいたく》な快感であろう。

本当に、シャワーを浴びたあとで良かったと彼は思った。

やがて充分に舌を蠢《うごめ》かせてから、由利子は再び移動し、陰嚢の中央の縫い目を舌先でたどってから、ペニスの裏側をツツーッと舐め上げてきた。

そして今度は、丸く開いた口でスッポリと喉の奥まで呑み込んだのだ。

「アア……！」

浩之は激しい快感に喘ぎ、温かく濡れた口の中でヒクヒクと幹を震わせた。

彼女は幹を締め付け、上気した頬をすぼめて吸った。内部ではクチュクチュと舌がからみつき、熱い鼻息が恥毛をくすぐった。たちまちペニス全体は、美女の清らかな唾液にどっぷりと浸った。

さらに彼女は、顔全体を上下させ、スポスポとリズミカルに摩擦《まさつ》してくれたのだ。

もう限界である。

「い、いっちゃう……、ああッ……！」

浩之は、ひとたまりもなく声を上げ、大きな絶頂に全身を貫かれていた。そして溶けてしまいそうな快感に身悶えながら、ドクンドクンとありったけの熱いザーメンをほとばしらせた。

「ンン……」

喉の奥を直撃されながら、由利子は小さく鼻を鳴らし、少しも驚かずに噴出を受け止めてくれた。

こんな美女の口に出して良いのだろうか、という禁断の思いも快感となり、彼は最後の一滴まで心おきなく出し尽くしてしまった。

由利子は亀頭を含んだまま、ゴクリと喉を鳴らして飲み込み、なおも余りを吸ってくれた。

「あう……！」

浩之は、魂まで抜かれそうな刺激に呻き、やがてグッタリと力を抜いた。

由利子も全て飲み干してからチュパッと口を離し、舌先で尿道口のヌメリを丁寧に舐め回してくれた。

その刺激に、射精直後の亀頭がヒクヒクと過敏に反応し、彼も腰をよじって喘いだ。

「あうう……、ど、どうか、もう……」

降参するように言うと、ようやく由利子も舌を引っ込め、チロリと淫らに舌なめずりしながら再び添い寝してきた。

「すごい量と勢いだわ。味も濃くて、とっても美味《おい》しかった……」

言いながら彼に腕枕し、巨乳を押しつけてきた。

「さあ、今度は浩之さんの番よ……」

由利子が甘い息で囁き、彼に色づいた乳首を含ませた。

浩之も、余韻に浸る間もなく乳首に吸い付き、豊かな膨らみ全体に顔中を密着させていった。

柔らかな感触と弾力が伝わり、甘ったるい汗の匂いが馥郁《ふくいく》と鼻腔を刺激してきた。どうやら今日はまだシャワーも浴びず、昨夜入浴したぐらいなのだろう。

熟女のナマのフェロモンに酔いしれ、浩之は次第に夢中になって吸い付き、勃起した乳首を舌で転がしはじめた。

「アア……、いい気持ちよ。もっと強く……、嚙んでもいいわ……」

由利子が言い、きつく彼の顔を巨乳に抱きすくめた。

熱く甘い吐息にザーメンの匂いは混じらず、上品な刺激を含んで艶かしかった。

乳首は、浩之も嚙まれると気持ち良かったので、彼女も強い刺激を好むのだろう。彼は歯を当て、コリコリと小刻みに嚙み、もう片方にも吸い付いていった。

両の乳首を充分に味わってから、腕を差し上げて腋《わき》の下に顔を埋めると、何とそこには楚々《そそ》とした色っぽい腋毛があった。

鼻を埋め込むと、何とも甘ったるい汗の匂いが鼻腔を刺激し、柔らかな毛の感触が心地よかった。

やがて美女のフェロモンを堪能し、浩之は滑らかな熟れ肌を舐め下りていった。

4

「ね、好きにしていいですか……」

「いいわ。何をしても、好きなように……」

浩之がためらいがちに言うと、由利子も身を投げ出して答えた。

その言葉に勇気を出し、彼は美女のお臍を舐め、柔らかな腹部に頰を押しつけた。骨がない部分なので、実に心地よい弾力と温もりが伝わった。

そして下腹から腰骨に移ると、浩之は股間へは行かず、太腿から脚の方へと舐め下りていった。

やはり、せっかくだから女体の隅々まで味わっておきたいし、口内発射したばかりだから、まだ性急に挿入するのが勿体《もったい》なかったのだ。

スベスベの脚を舐め下り、足首まで達すると、彼は足の裏に顔を押し当てた。そして指の間に鼻を埋めると、ほんのりした蒸れた匂いが鼻腔をくすぐった。

「あう……、汚いのに……」

爪先にしゃぶりつくと、由利子は言いながらも拒まず好きにさせてくれた。

指の股は汗と脂にジットリと湿り、舌を割り込ませるとほのかにしょっぱい味覚があった。

「アアッ……！」

順々に指の間に舌を潜り込ませるたび、由利子が顔をのけぞらせて喘ぎ、彼の口の中でキュッと舌を挟み付けてきた。

桜色の爪を嚙み、もう片方の足も全て賞味すると、彼は由利子にうつ伏せになってもらった。

踵《かかと》から脹《ふく》ら脛《はぎ》を舐め、汗ばんだヒカガミをたどり、むっちりした太腿からお尻の丸みを移動していった。

腰骨から背中を舐めると、うっすらと汗の味がした。

そして肩まで行き、黒髪に顔を埋めて甘い匂いを嗅ぎ、うなじと耳を舐めた。

「あん……、いい気持ちよ……」

由利子がビクッと肩をすくめて喘いだ。

浩之は再び背中を舐め下り、たまに脇腹に寄り道しながらお尻に戻った。

今度は開かせた脚の間に腹這い、両の親指でグイッと豊かな双丘を開いた。すると可憐な薄桃色のツボミがひっそりと閉じられ、何とも綺麗な形だった。

鼻を埋めると、ほんのりと秘めやかな匂いが感じられた。古い一軒家のトイレには、洗浄器がついていないのだろう。

浩之は美女の微香に酔いしれながら舌を這わせ、細かに震える襞を味わった。さらに中にも舌先を潜り込ませると、ヌルッとした滑らかな粘膜に触れた。

「あうう……」

由利子が呻き、潜り込んだ彼の舌先をキュッと締め付けてきた。

浩之は顔中に密着する、ひんやりしたお尻の丸みが心地よく、いつまでも内部で舌を蠢《うごめ》かせていた。

ようやく舌を引き抜き、寝返りを打たせた。そして彼女の片方の脚をくぐると、目の前に神秘の部分が迫り、惜しげもなく大きく開かれた。

「ああ……、恥ずかしい。そんなに見ないで……」

大股開きになりながら、由利子が息を震わせて言った。

色白の肌をバックに、股間の丘には黒々と艶のある茂みが密集していた。ワレメからはみ出すピンクの花びらはヌメヌメと蜜に潤い、奥の柔肉も覗いていた。

浩之は艶かしい眺めに生唾を飲みながら、そっと指を当てて陰唇を開いた。

中には、二十年近く前に薫子が生まれ出てきた膣口が息づき、花弁状の襞に囲まれて濡れていた。

小さな尿道口も見え、包皮の下からは大きめのクリトリスが突き立っていた。光沢ある突起は亀頭の形をし、内腿に挟まれた股間全体には、悩ましい匂いを含んだ熱気と湿り気が、渦巻くように籠もっていた。

もう我慢できず、浩之は美女の中心部にギュッと顔を埋め込んでいった。

「アア……！」

由利子は喘ぎ、量感ある内腿できつく彼の顔を締め付けてきた。

柔らかな茂みに鼻をこすりつけると、隅々には甘ったるい汗の匂いが生ぬるく籠もっていた。そして下の方へ行くと、それにオシッコの匂いも混じっていた。

浩之は熟れた美女のフェロモンを何度も深呼吸し、舌を這わせていった。

陰唇の表面から徐々に内側を舐め、柔肉を味わうと、温かな蜜がトロリと溢れ、淡い酸味を伝えてきた。

膣口の襞をクチュクチュと掻き回すように舐め、大量のヌメリをすすりながらクリトリスまでたどっていくと、

「ああッ……！　気持ちいい……！」

由利子が、ビクッと顔をのけぞらせて口走った。

浩之は、自分のような未熟な童貞の愛撫で、大人の美女が感じてくれるのが嬉しく、執《しっ》拗《よう》にクリトリスを舐めた。上唇で包皮を剝《む》き、完全に露出した突起に吸い付き、舌先で弾くように舐め続けた。

愛液の量も格段に増し、彼は舐めているだけで大いなる幸せを感じた。

「い、入れて……」

待ちきれないように由利子が身悶えて言い、浩之もようやく顔を上げ、身を起こしていった。

もちろんペニスは最大限に膨張し、すっかり回復していた。

股間を進め、幹に指を添えて先端をヌラヌラとワレメにこすりつけた。充分にヌメリを

与えてから位置を定めると、由利子も僅かに腰を浮かせて息を詰め、受け入れ態勢になってくれた。

押し進めて挿入していくと、張りつめた亀頭がヌルッと潜り込み、あとは滑らかに吸い込まれていった。

「アアッ……！　いいわ、もっと奥まで……」

由利子が身を反らせて言い、浩之も肉襞の摩擦に酔いしれながら、完全に根元まで押し込んだ。

そして股間を密着させ、抜けないよう押しつけながら両脚を伸ばし、熟れ肌に身を重ねていった。

すぐにも由利子が下から両手を回して抱きすくめてくれ、彼は柔らかな肉のクッションに全身を委《ゆだ》ねた。

中は燃えるように熱く、キュッときつくペニスが締め付けられた。

やがて小刻みに腰を突き動かしはじめると、由利子も下からズンズンと股間を突き上げてきた。

しかし、あまりにヌメリが多いので、次第に夢中になって律動するうち、ヌルッと外れてしまった。

「あん……、もう一度……。それとも、下になる？」

由利子が言うと、彼も頷いて上下入れ替わった。やはり最初なので、リードされる方が気が楽だし、下から美女を見上げたかったのだ。

仰向けになると、由利子がペニスを跨《また》ぎ、愛液に濡れた幹に指を添えて、先端をあてがってきた。そしてゆっくりと腰を沈み込ませると、ペニスは再びヌルヌルッと吸い込まれていった。

「ああーッ……！　いいわ、奥まで当たる……」

由利子が顔をのけぞらせて口走り、浩之も深々と包まれながら激しく高まった。

5

「いいわ、我慢しないで、好きなときに出して……」

身を重ねた由利子が甘い息で囁き、腰を動かしはじめた。

浩之も股間を突き上げながら、美女にしがみついて甘い息に酔いしれた。

胸に巨乳が密着して弾み、動くたびに溢れる蜜がクチュクチュと音を立て、彼の股間をビショビショにさせた。

「い、いっちゃう……、気持ちいい……」

たちまち彼は絶頂の快感に貫かれ、口走りながら思い切りザーメンを噴出させた。

「アァッ……！　熱いわ。もっと出して……、あぁーッ……！」

内部にザーメンの直撃を受けると同時に、彼女もオルガスムスのスイッチが入ったように、ガクガクと狂おしい痙攣《けいれん》を起こしながら喘いだ。

膣内の収縮も最高潮になり、たちまち彼は最後の一滴まで搾《しぼ》り取られてしまった。

「ああ……」

浩之は初体験の感激を嚙みしめて喘ぎ、徐々に動きを弱めていった。

由利子も熟れ肌の硬直を解き、ゆっくりと力を抜いて彼に体重を預けてきた。浩之は温もりと重みを感じ、美女の吐き出す甘い息を間近に嗅ぎながら、うっとりと快感の余韻に浸った。

「アア……、良かった……」

由利子が荒い呼吸を繰り返し、彼の耳元で吐息混じりに囁いた。

まだ、ペニスが深々と入ったままの膣内が、名残惜しげにキュッキュッと心地よく収縮し、それに応えるように浩之もピクンと幹を脈打たせた。

しばし呼吸を整えてから、由利子がゆっくりと股間を引き離し、起き上がりながら枕元のティッシュを手にした。

そして濡れたペニスを包み込むように丁寧に拭いてくれ、自分のワレメも手早く処理してから、また添い寝して優しく腕枕してくれた。

浩之は、何とも心地よい充足感に浸りながら、熟れ肌に密着し、巨乳に頬を当てた。

「薫子さんというのは、おいくつなのですか……？」

ふと、浩之は訊いてみた。

「去年、十八で死んだの」

「え……？」

由利子の言葉に、浩之は目を丸くして思わず聞き返した。

「そう、昨日が命日だったのよ」

「そ、そんな……」

浩之は絶句し、余韻など吹き飛ぶほどの恐怖に包まれてしまった。

そんな娘がいることも浩之は知らなかったのだから、ずっと引き籠もりがちの子だったのかもしれない。

「昨夜、あの子が夢に出てきて、この部屋に入ってしまったって言ったの。何度も窓から見ていて、あなたのことが好きだったみたい。でも、大学に落ちて、お友達も離れていったことを悲観して……」

由利子が彼を胸に抱きながら、静かな口調で言った。

では、昨夜の画像は、薫子の幽霊だったというわけだ。

「だから、あの子が訪ねてきたとしても、決して相手にしないで。でないと、浩之さんまで取り込まれて、あちらに引っ張られてしまうわ」

「……」

「若いから、つい薫子の方へ行きたくなるかも知れないけれど、その分、私が欲求を解消してあげますからね」

由利子は甘く囁き、慈《いつく》しむように彼の頬を撫でてくれた。

と、その時、窓の隙間から生暖かな風が吹き込んできた。

「浩之さん……」

いきなり、由利子の顔に薫子の表情が重なった。声も、昨夜画面から聞こえた薫子のものではないか。

「ど、どっちです……」

浩之は、声を震わせて言った。

薫子なら逃げ出したいし、由利子なら縋《すが》り付いて守ってもらいたい。

しかし、どうやら薫子が、母親の身体に入り込んだようだ。彼女は、由利子の肉体を借りて、浩之とのセックスを味わおうとしているのかも知れない。

「ゆうべ、一緒にいってくれたのね。とても嬉しかった……。今度は、本当に一つになって……」

薫子が言った。肉体も口も由利子のものだが、その声も意識も、完全に薫子らしい。

「どうか、もう一度して。私はまだ処女なの……」

薫子は、囁きながら顔を上げ、ピッタリと唇を重ねてきた。

柔らかな感触が密着し、舌が潜り込んできた。熱く湿り気ある息は、もう由利子の大人の匂いではなく、少女のように甘酸っぱい果実臭がしていた。

恐ろしいのに、浩之は舌をからめ、薫子の匂いに酔いしれはじめていた。

彼女は執拗に舌をからめては、浩之の頬や胸を撫で回した。そして口を離すと、肌を舐め下りて真っ直ぐにペニスへと顔を寄せていった。

生暖かな息がかかり、先端が舐められた。亀頭は、まだザーメンと、由利子の愛液に湿っているだろう。

「美味しい……、食べてしまいたい……」

薫子は熱く言いながら亀頭をしゃぶり、陰嚢を弄《もてあそ》びながら喉の奥まで深々と呑み込んでいった。

「ああ……」

浩之は快感に喘ぎ、彼女の口の中で唾液にまみれ、舌に翻弄されながらムクムクと三度目の勃起を始めていった。

「ね、私にも……」

薫子が言い、含んだまま身を反転させ、仰向けの彼の顔にためらいなく跨ってきた。

浩之は逃げようもなく、下から腰を抱え、鼻先に迫る股間に顔を埋めた。

（え……？）

目の前のワレメが、さっきとは形状が違う。恥毛も楚々としたものになり、陰唇も小ぶりで初々しい感じだった。

恐る恐るペニスをしゃぶる彼女の顔を見てみると、長い黒髪になっていた。完全に、見た目も薫子そのものになっているようだ。

そしてこんなに怖いのに、しゃぶられながらペニスは最大限に膨張して快感も突き上がってきた。

浩之は目の前のワレメに舌を這わせ、大量の愛液をすすりながらクリトリスを舐め、お尻の谷間に伸び上がって可憐なツボミも舐め回した。

「ああン……、いい気持ち。ここを、もっと舐めて……」

薫子がお尻をくねらせて言い、クリトリスを彼の口に押しつけてきた。浩之も舌先を突起に集中させ、大洪水の愛液をすすりながら愛撫を続けた。

やがて薫子は口を離し、身を起こして向き直った。そして由利子と同じく、女上位でペニスに跨り、受け入れながらゆっくりと座り込んできた。

「アア……、い、痛いけれど、嬉しい……」

薫子が眉をひそめながらも、熱く喘いで言い、完全に股間を密着させた。

(もう、どうなってもいい……)

浩之は快楽に溺れながら思い、身を重ねてきた薫子を下から抱きすくめた。そしてズンズンと股間を突き上げ、さっきよりずっと狭くてきつい感触を味わった。

「あぁッ……！　浩之さん、好き……！」

薫子が声を上げ、同時に浩之も絶頂の快感に貫かれ、魂まで吸い取られる勢いで、熱い大量のザーメンをほとばしらせたのだった……。

乙女、パンツを買いに――

由奈の『摘めない果実』

草凪　優

著者・草凪《くさなぎ》　優《ゆう》
一九六七年東京生まれ。日本大学芸術学部中退。シナリオライターを経て、二〇〇四年に『ふしだら天使』で官能小説家デビュー。その圧倒的筆力と流麗な官能描写でたちまち人気作家に。最新刊『摘めない果実』（祥伝社文庫）が六月に刊行された。

1

女にとってパンツってなんだろう？

大学の体育の授業の着替えのとき、澤口由奈《さわぐちゆな》はいつも思う。

パンツといってもズボンのことではない。

その下に穿《は》いている、ショーツのことだ（パンティという呼び名はいやらしい感じがするので使いたくありません）。

更衣室の隅でこそこそと着替えながら、同級生たちのそれを横目でチェックすると、ランジェリーと呼びたくなるような瀟洒《しょうしゃ》なものから、どこまでも実用的なベージュのものまで色とりどり。

「着替えを見てるとさあ、誰にオトコができたのか一目瞭然だよね。パンツがいきなり派手になるから」

そう言っていたのは同じクラスの香織《かおり》であるが、言われた由奈はそのときまったくピンとこなかった。

タイトなミニスカートをこよなく愛する彼女は、響かない（透けて見えない）からという理由でいつもベージュのパンツを愛用していた。デザインもシンプルなものが多く、お世辞にも高価そうなものではなかったが、ある日突然、レースをふんだんに使ったワインレッドのランジェリーを更衣室で披露して、由奈の度肝を抜いた。

「オトコができたのね！」

と思ったが口にしなかった。自他共に認める奥手な性格なので、男女の色恋話は自然と避けて通ってしまうのである。

とはいえ予想は見事に的中したらしく、香織はまもなく大学を中退して結婚した。相手のオトコは焼肉屋さんの店長で、焼肉屋さんの店長はド派手なワインレッドの下着が好きなのかと思うと、なんだか不思議な気分だった。だったらフランス料理のシェフは何色のパンツが好きで、お鮨《すし》屋さんの大将はどんな下着に欲情するのだろう？

由奈は自分のパンツを見た。

色はパステルピンク。ハイレグでも横が紐《ひも》にもなってもいない、コットン一〇〇パーセントの健康的なパンツ。

正直、ダサい。

二十歳の女子大生が着けるにしては、実用一本槍のベージュの次に地味かもしれない。

唯一の飾りといっていいのがお臍《へそ》のすぐ下にある小さな赤いリボンで、見れば見るほど子供じみていて泣けてくる。

「あなたももう大人なんだから、下着は自分で選びなさい」

と高校一年生のときにお母さんからお小遣いを渡されて以来、由奈は自分でパンツを選んで買っている。でも、真剣に選んだことはない。たいてい近所の駅ビルで、本や文房具を買うついでに買う。デザインはいつも似たり寄ったり。色だってパステルピンクかパステルブルーかパステルグリーンくらいのもので、一度だけ色が綺麗だったピーチオレンジのハイレグショーツを買ったことがあるけれど、

「あら、可愛いパンツ」

と洗濯物を畳みながらお母さんに言われてしまい、恥ずかしくなってそのパンツは二度と穿いていない。

——パンツなんて。

由奈は思っていた。

——なんだっていいもん、人に見られるわけじゃなし。

もちろん、体育の着替えや旅行のときは友達に見られてしまうが、ここでいう「人」は彼女たちのことを指さない。

オトコだ。

香織の意見がようやく理解できた。

オトコができると、乙女は自分のパンツのダサさがいやになる。

2

「ねえねえ、由奈ちゃんって本当に彼氏いないの?」

向かいに座った山川《やまかわ》さんが声をかけてきた。山川さんはW大学の四年生で、由奈のふたつ年上。

「本当にいないんだって」

隣の早百合《さゆり》さんが由奈にかわって答える。早百合さんは由奈の通う女子大の一年先輩。

「可愛いのにもったいないなあ。今度俺とデートしようよ」

「ダメですよ、山川さん。この子、誰に誘われても乗らないんだから。デートだったら、あたしを誘ってください」

「うーん、遠慮しとくよ。早百合ちゃん、なんかお金かかりそうだもん」

「やだぁ、そんなことないですって」

ふたりのやりとりを、由奈はにこにこ笑って聞いている。

由奈は年の近いオトコと話すのがどうも苦手だ。アルバイト先の喫茶店のウエイトレスをしているときは異性とも普通にしゃべれるが、その店の常連客はおじさんとおじいさんしかいない。

ここは大学近くのファミリーレストラン。楕円形の大きなテーブルに十人ほど集まっているのは、軽音楽系のサークルのメンバー。いちおうミーティングの名目だが、ライブのチケットのやりとり以外にとりたてですることもないから、合コンのようなノリである。由奈が通っている女子大のサークルに、共学の大学から男子のメンバーが参加しているので、よけいにそういう雰囲気になってしまう。

視線を感じた。

K大三年の稲垣《いながき》さんだ。

テーブルの反対側、由奈からいちばん離れた席に座っているのに、さっきからずっとこちらのほうばかり気にしている。

二週間ほど前、由奈は稲垣さんに告白された。

稲垣さんは古いアメリカンポップスをやるバンドでギターを弾いていて、由奈はそのバンドのファンだった。軽音楽系のサークルとはいえ、実際にバンドをやってる人は少ないし、稲垣さんは背が高くて格好いいから、サークルの女子はみんなファンだと言ってもよかった。

その稲垣さんに告白されたのだから、みんなにバレたら大騒ぎだろう。

好きだと告げられ、

「由奈ちゃんみたいに清純な子、見たことないよ」

と甘くささやかれたときは胸がどきどきしたけれど、そのどきどきは恋心のせいではなく、単に緊張のどきどきだった。

「わたし、好きな人がいるんです」

由奈は下を向いて答えた。

彼氏と呼ぶには違和感があるけれど、たしかに好きな人がいた。

毎日のように会っていた。

ふたりで旅行にも行ったし、ダサいパンツも見られてしまった。

しかしそのオトコは四十歳の妻帯者で、不倫の関係。

不倫……。

あらためて考えてみると、なんて大それたことをしているのだろう。

「それにわたし、清純なんかじゃありませんから」

とは思ったが言わなかった。

年が倍も離れているオトコと、不倫の恋に溺《おぼ》れているからだけではない。

アルバイト先の喫茶店で常連客だった彼に、先に声をかけたのは由奈のほうだ。

彼はいつもひとりで店にやってきて、カウンターの隅に座り、注文以外はけっして口をきかず、ヘッドフォンを耳から離さない。

ひどく淋《さび》しそうだった。

なにかに打ちひしがれている雰囲気が丸めた背中から滲《にじ》み、けれどもそれはお金がないとか、会社の上司に叱《しか》られたとかのありがちな悩みではなさそうで、妙に心を惹《ひ》かれてしまった。

後ろからちょっと肩を押すだけで泣きだしてしまいそうな雰囲気に胸がきゅんとなり、抱きしめてあげたいと思ったが、もちろんそんなことはできない。

食事をご馳走してもらえるような間柄になってしばらく経ち、ふたりきりになりたいような素振りを見せたのも由奈のほうからだった。お酒に酔ったふりをして夜道で腕をからめるなんていう、乙女にあるまじき大胆なことまでしてしまった。

抱かれてもいいと思った。

中学から大学まで女子校で育ち、彼氏いない歴二十年だから、そういう経験はなかったけれど、覚悟はできていた。

そんな気持ちになったのは生まれて初めてで、彼のことを家で待っている奥さんのことを考えると胸が痛んだが、それでも自分の気持ちに嘘《うそ》はつけなかった。

四十歳の彼は自宅とは別に、由奈がアルバイトをしている喫茶店の近くに小さなアパートを借りていた。

ふたりきりの秘め事をするには格好の場所だった。

抱きしめられ、唇を奪われた。

石油ストーブがめらめらと燃えあがるなか、パンツを見られた。

パステルピンクのいつものパンツだった。

そういう予感がなかったわけではないのだから、おしゃれなパンツを買い求めて穿いておくべきだったかもしれない。

どうしてそうしなかったのだろう?

彼の愛撫は思っていたよりずっとソフトでゆったりしていて、安心して身をまかせることができた。

とはいえ、なにしろ初めてのことだったので、セーターを脱がされただけで心臓が爆発しそうなほど高鳴って息ができなくなり、胸のふくらみを揉まれたり、硬くなった先端を吸われたりすると、体の芯に電気ショックが走り抜けていった。

脱がされる前からパンツはぐっしょぐしょに濡れていて、それが自分でもわかったので、恥ずかしくて恥ずかしくて何度も泣きそうになった。

パンツを脱がされた。

両脚をひろげられ、いやらしい分泌液で濡れまみれた部分をのぞきこまれた。

彼は怖いくらいにたぎった視線で、むさぼるように眺めてきた。

死ぬほど恥ずかしかったけれど、盛りのついた獣のように顔を真っ赤にしてハアハアと息をはずませている彼の姿を見ているうちに、由奈もひどく興奮してしまった。

濡れたところに口づけをされると、頭のなかが真っ白になった。

そのまま抱いてほしかった。

わけのわからないうちにひとつになり、女にしてほしかった。

けれども、彼は抱いてくれなかった。

由奈がヴァージンであることを告げると、行為を中断してしまったのだ。

オトコというものは一度興奮してしまうと、欲望を吐きだすまで獣《けもの》のように振る舞うものだと思っていた由奈は呆気《あっけ》にとられ、どうしていいかわからなくなった。

3

サークルのミーティングが終わると、ボウリングをやりにいくというみんなと別れ、由奈はひとり駅に向かった。

「おおーい、ちょっと待って……」

駅への近道の狭い路地に入ってしばらくすると、後ろから声をかけられた。

稲垣さんだった。

「どうしたんだよ？　ひとりで先に……」

由奈のところまで全速力で駆けてきて、息をはずませながら言った。

「これからみんなでボウリングするんだぜ」

「すいません」

由奈は苦く笑い、

「わたし、これからアルバイトなんです」

「……そっか」

稲垣さんは残念そうに肩を落とした。

「バイトじゃしょうがないか」

「ごめんなさい」

「じゃあ、駅まで送っていく」

「いいですよ。ボウリング場とは反対方向じゃないですか」

「いいから、いいから」

稲垣さんは由奈の腰を押して、歩くようにうながしてきた。

由奈の胸を困惑が揺さぶってくる。

駅までの道のりは約十分。その間、なにを話していいかわからない。

それに……。

あたりに人影がないのをいいことに、歩きだしてしばらくしても稲垣さんは由奈の腰から手を離さず、体を密着させてきた。

「あ、あのう……」

もじもじと腰を揺すり、手を離してほしいと訴えようとすると、

「あのさあ……」

稲垣さんはそれを制するように、声を被《かぶ》せてきた。

「この前の話、考えてくれたかい？」

「えっ?」

「補欠の話さ。もし、由奈ちゃんが好きな人とうまくいかなくなったら、俺と付き合ってほしいって言っただろう? あの話、真剣に考えてくれないかな。俺、どうしても由奈ちゃんを諦めきれないんだ……」

「そ、それは……」

由奈は困ったように首をかしげた。

稲垣さんのことは嫌いじゃないけど、付き合うことなど考えられない。たとえ補欠でもダメだ。だいたい恋人の補欠なんて不純すぎる。

「なあ、頼むよ」

稲垣さんが唐突に歩をとめ、由奈の体を路地の塀に押しつけた。

「ちょ、ちょっと……」

由奈は眼を見開き、声を震わせた。

「な、なにをするんですか……」

「好きなんだよ」

稲垣さんは、由奈の双肩を両手でがっちりとつかまえた。せつなげな、けれどもギラギラとたぎった眼つきで見つめ、

「俺もう、由奈ちゃんのことしか考えられないんだ」

「そ、そんなこと言われても……」

口ごもる由奈の唇に、稲垣さんが唇を接近させてくる。

「いやっ！」

由奈は首を振り、かろうじて口づけをかわしたが、頬に生温い舌を感じた。ぺろりと舐められ、ねっちょりと唾液が糸を引くのが、はっきりとわかった。

背筋がゾゾーッとした。

好きなオトコにされるキスは体を芯《しん》から温めてくれるのに、嫌いなオトコにされると身の毛もよだつものらしい。

「好きな人がいるなんて嘘だろ？」

稲垣さんが鼻息を荒げてささやいてくる。

「きみ、オトコと付き合ったことないから怖いんだろ？　わかってるんだ。な、やさしくするから俺の彼女になれよ」

「やめてください！」

由奈は稲垣さんを突き飛ばして尻餅をつかせると、その場から走りだした。

火事場の馬鹿力というやつだろう。自分にオトコを突き飛ばすような力があるなんて思ってもみなかったし、これほど速く走れるなら運動会でリレーの選手にだってなれたかもしれない。

(ひどいよ……ひどいよ、稲垣さん……)

胸底で呪《のろ》いの言葉を唱《とな》えつづけ、彼のバンドのライブにも、サークルのミーティングにも二度と顔を出すのをやめようと誓った。

とはいえ……。

稲垣さんのおかげで、由奈の恋は新たな局面を迎えようとしているのだった。

四十歳の彼は、由奈のヴァージンを奪うことを拒みつづけていた。

そのかわり由奈は、オトコの大きなものを口で愛撫することを覚えた。

そうしている間、彼は由奈の両脚の間を丁寧に舐めてくれる。

お互いに淫《みだ》らがましく裸身をよじりあいながら、由奈の口のなかでオトコの欲望が爆発するまでその行為は続く。

本当に恥ずかしいけれど、ヴァージンなのにお尻でもされてしまった。

そして、イッた。

最初は苦しくておぞましいばかりだったアナルセックスが、近ごろでは甘美に思えてしかたがない。

このままでは変態になってしまう、と由奈はオトコに泣いて訴えた。

舌先だけでイカされるようになったときも、こんなのはもういやだ、普通に愛してほしいと訴えたが、オトコは聞き入れてくれなかった。

「俺は由奈ちゃんが好きだから、由奈ちゃんのヴァージンを大切にしたいんだよ」

と彼は言うけど、よくわからない理屈だった。

不倫の関係であることや、年が倍も離れていることや、由奈が二十歳にしては幼げに見えることなど、彼にも野獣になれない理由がいろいろあるのだろう。

それでも、好きなら抱いてほしい。

処女膜を守るためという理由で変態じみた行ないに淫しているより、いっそ猛々《たけだけ》しく奪ってほしい。

だが、次に会うときはいよいよ抱いてもらうことができそうだった。

由奈が別のオトコの存在を匂わせたからだ。

サークルでいちばん人気の先輩に告白されたと告げると、さすがの彼も焦《あせ》った。

当て馬を使うなんて、ずるい女だなと思う。

だが由奈も必死だった。

生まれて初めてパンツを――それも近所で買った思いっきりダサいパンツを見せたオト

コにこそ、大切なヴァージンは捧げたい。

いつかこの恋が終わり、次の恋が始まって誰かに抱かれるとき、自分はきっとあんなダサいパンツを穿いていないだろう。

今度はもっと格好をつける。

ちょっと背伸びした、セクシーな勝負パンツでベッドインに備える。

初めて彼の部屋に行ったとき、抱かれる予感があったのに、いつも通りのパンツを穿いていったのはどうしてだろう？

由奈は、更衣室で誇らしげに派手な下着を見せつける同級生が好きではなかった。

あんなふうにはなりたくなかったからだろうか？

飾らない、いつも通りの自分を愛してほしかったのか？

四十歳のオトコは由奈を抱く決意をしてくれたが、抱けば別れるという。

彼が好きなのは処女の由奈で、処女じゃなくなった由奈には興味がないのだそうだ。

悲しかった。

それでも抱いてほしいと由奈は迫った。

だから今度の逢瀬《おうせ》が、彼と会える最後になるのである。

駅に着いた。

アルバイト先とは反対方向の、新宿方面に向かうホームに立った。

稲垣さんにアルバイトだと言ったのは嘘で、今日はこれから買いものに行くのだ。

貯金を下ろしてとびきり高いパンツを買ってやろうと思う。

どうしてそんなことを思いたったのか、自分でもよくわからない。

最後だから、オトコの眼に綺麗な下着姿を焼きつけておきたいのだろうか？

いままでダサいパンツばかり穿いていた罪滅ぼしか？

理由はよくわからないけれど、デパートのランジェリー売り場で素敵な下着を買い求め、オトコにそれを見せられると思うと、息苦しいほど胸が高鳴っていった。

4

待ち合わせ場所に着いたのは、約束より一時間も前だった。

初めて足を踏み入れる、おしゃれな外資系ホテルのロビー。

外国人のビジネスマンや、パーティ仕様にドレスアップした人たちが行き交うなかで、高校時代から着ているベージュのコートに身を包んできょろきょろしている由奈は、思いきり場違いだった。

肩からかけたチェックのトートバッグのストラップを握りしめた。

そのバッグはオトコからのプレゼントだった。誕生日でもないのにいきなり贈られたことにも驚いたが、由奈が前から眼をつけていたブランドのものだったことにはもっとびっくりした。

いつもならそのバッグのストラップを握りしめていると胸の奥がじんわり温かくなっていくのに、今日に限ってそのおまじないが効かない。

気持ちが落ち着かない。

場違いな場所にひとりぽつねんと立っていることだけが理由ではなく、体の内側からそわそわする。

おろしたての新しいパンツを穿いているせいだった。

パンツのまわりがやけにスースーするのは、セパレートタイプのストッキングを着けているからだ。

数日前、新宿でデパートを三軒まわった。デパートのランジェリー売り場なんて生まれて初めて行ったけれど、賑々《にぎにぎ》しい雰囲気に圧倒された。

女子大の更衣室で披露される下着などまだ可愛いものらしい。

高級娼婦がお金持ちの客を誘惑するための衣装のようなものばかりがマネキンに穿かさ

れてずらりと並び、漂ってくる官能的な匂いにくらくらした。

両脚の間の丘がかろうじて隠れるくらいのサイズで、しかも恥ずかしい草むらが透けてしまうパンツなんて、娼婦以外のいったい誰が穿くのだろうか？

自分が着けたところを想像すると顔から火が出そうになり、何度生唾《なまつば》を飲みくだしても喉《のど》はカラカラに渇《かわ》いて、けれども頑張って吟味《ぎんみ》した。赤や黒などのアダルトな色は似合わない気がしたし、透ける素材はやっぱり恥ずかしい。

「こういうタイプが若い方には人気ありますよ」

と年配の女性店員が鍛《きた》え抜かれた笑顔を浮かべて勧めてきたのは、鮮やかなマリンブルーの水着のような下着だった。

もちろん断った。下着はあくまで下着であり、水着ではない。セクシーすぎるのも困りものだが、セクシーすぎないのはもっと困る。服を脱がされ、下着を見せた瞬間、オトコに鼻白んだ顔をされたら、女のメンツ丸つぶれだ。ただでさえ足りない色香を下着で補おうとしている乙女心を、いったいなんと心得ているのか。

結局、白いレースの三点セットにした。

やや大きめなフルカップのブラジャーと、少しだけ切れこみが鋭いパンツと、ウエストに巻くガーターベルト。

ガーターベルトがポイントだった。そこから垂れた四本のストラップでセパレートタイプのストッキングを吊る。

ブラとパンツはおとなしめのデザインでも、ガーターベルトとセパレートストッキングが加わることで、ぐっとセクシーなムードになる。

白いパンツは汚れやすいので普段穿きならチョイスしないが、勝負パンツなので問題ないだろう。いろいろ見ても、まだあどけない自分の顔には、純白の上下がいちばん似合う気がした。

それに、なんだか花嫁がウエディングドレスの下に着けるランジェリーのようなところも、気に入った。

彼も気に入ってくれるだろうか？

この下着を着けた自分を見てどきどきと胸を高鳴らせ、盛りのついた獣のように顔を真っ赤にしてくれるだろうか？

考えるだけで、息が苦しくなっていく。

期待と不安と緊張で、胸が潰れてしまいそうだ。

やがて、ロビーの人混みの向こうに彼の姿が見えた。

答えはもうすぐ出る。

動悸が乱れる。

5

「わぁぁ、素敵っ！」

地上四十四階のホテルの部屋からは、新宿の夜景が見えた。黄昏《たそがれ》ゆく景色のなかで隣接する高層ビルや繁華街のイルミネーションがまぶしいほどに輝き、さながら映画のスクリーンのなかにまぎれこんでしまったかのようだ。

じっと見つめていると、お酒も飲んでいないのにその景色に酔ってしまった。

室内の雰囲気も流行《はや》りのカフェのようにおしゃれで、現実感がどんどん失われていく。

いつも逢瀬に使っている彼のアパートも嫌いではない。

三十年前の学生が下宿するような古びた部屋だけれど、ひどく落ち着く。

それは嘘ではないけれど、今日という特別な日に、こんな素敵なホテルを用意してくれた彼にはいくら感謝しても足りない。

ここが映画のスクリーンのなかなら、自分は女優になろうと思った。

いつもはもじもじしながらオトコの手で服を脱がしてもらうけれど、自分で颯爽《さっそう》と脱いで新しいパンツを見せつけてやるのだ。

コートを脱ぎ、ピンク色のセーターの裾を指でつまんだ。

やっぱり颯爽と振る舞うことはできず、何度も息を呑《の》みながらためらいがちに脱ぐことになってしまったけれど、頑張ってなんとか下着姿になった。

「どう？」

と生意気なハリウッド女優のように顎をもちあげたかったが、実際には背中を丸めて上目遣いでオトコを見た。

ベッドに腰かけていた彼は、身を乗りだしてまぶしげに眼を細めた。

いつもクールな瞳が少し潤んで、鼻息がはずんでいるのを、由奈は見逃さなかった。

「まるで……花嫁みたいな下着だな」

という言葉を投げられると、下着姿の心細さが消え去り、体の芯が甘く痺《しび》れた。

新しいパンツに包まれた部分から、じゅん、という音が聞こえてきそうだった。

やさしく抱き寄せられた。

ブラジャーの上から胸を触られた。

レースのカップ越しに、骨っぽい指の感触が届く。

震える唇を差しだすと、口づけが与えられた。

体の芯がとろとろに蕩《とろ》けていく。

――まだ始まったばかりよ、由奈。

もうひとりの自分が耳元でささやく。

――下着を見せて、キスされただけじゃない。

わかっていても体が熱くなっていくのをとめられない。

「とっても素敵だよ……」

彼が下着を褒《ほ》めてくれると、恥ずかしい思いをしてランジェリー売り場をまわった苦労が報われた気がして、もうどうにでもして、と由奈はそっと眼を閉じた。

立ったまま長々と舌をからめあってから、ベッドに移動した。

糊のきいたシーツがひんやりして気持ちよかった。

シーツとは正反対に、オトコの吐息と指使いは熱っぽかった。

ブラジャーを取られた。

ふくらみの先端が左右とも鋭く尖《とが》っていて恥ずかしい。

オトコの舌が尖った部分を転がす。

「やんっ……んんんっ……」

唇から声がもれ、眉間にくっきりした皺が寄る。

オトコは尖った部分を舐め転がしながら、じっくりとふくらみを揉みしだいた。

息が乱れ、素肌がみるみる汗ばんでいく。

眼をつぶっていても、視線を感じる。

火傷《やけど》しそうな熱い視線が、剝《む》きだしの乳房を撫《な》でまわし、ゆっくりと下肢のほうへと向かっていく。

新しい白いパンツはフロント部分に銀色の花の刺繡《ししゅう》があって、その涼やかなデザインを由奈はとても気に入っていたが、すでに薄布のなかは妖しい熱気でむれむれだった。台無しだ。

セパレートストッキングだって、太腿《ふともも》のいちばん太いところにレースの飾りがあって綺麗なのに、ナイロンの内側は発情の汗にまみれている。

恥ずかしい。

だが、すぐにそんなことは言っていられなくなった。

オトコの指が、パンツの上からいちばん敏感な部分をいじりはじめたからである。

ねちり、ねちり、とオトコの指はことさら卑猥《ひわい》に動き、

「んんっ……んああっ……」

由奈の唇からもれる声も、淫らがましくなっていく。

――いやらしい女、いやらしい女。
もうひとりの自分が耳元でささやく。
――ヴァージンのくせに、ヴァージンのくせに。
いくら言われても、愉悦に溺れていくのをやめられない。
ヴァージンではあるが、由奈はただのヴァージンではなかった。
口を使ってオトコを悦ばせることを知っているし、お尻で繫《つな》がったことだってある。
クンニではもちろん、アナルセックスでエクスタシーに達したこともある。
オトコの指がパンツのなかに入ってくる。
くちゃっという音が、両脚の間の柔らかい肉を通して体の内側に響く。
「もうこんなに濡れてるのか？」
呆れたような声で言われ、由奈は震えた。
羞じらいに震えているのが八〇パーセント、だが残りは興奮の震えだ。
もっと触ってほしい。
わけがわからなくなるほど、めちゃくちゃにいじってほしい。
思っていてもそんなことは言えない。
恥ずかしそうに身悶《みもだ》える由奈を気遣って、オトコの愛撫はどこまでもやさしい。

パンツを脱がされた。

ガーターのストラップの上から穿いてあったので、ガーターベルトとセパレートストッキングを残したまま、パンツだけを脚から抜かれた。

計算通りだった。

女の恥部という恥部を露わにしつつ、裸身を飾りたてる純白のランジェリー。

彼と付き合う前の由奈ならきっと、裸でいるよりなお恥ずかしいと思ったに違いない。

いや、いまでもそう思うのだが、いまは恥ずかしいことにすらどきどきする。

乳房をさらし、股間に煙《けぶ》る獣じみた黒い部分まで見せて、そのくせガーターベルトとストッキングだけは着けているなんて、オトコを挑発する娼婦みたいだ。

いやじゃなかった。

好きになったオトコをどこまでも挑発する、あなただけの娼婦になりたい。

両脚をひろげられた。

何度されても恥ずかしさに慣れることがなく、太腿が小刻みに震える。

オトコは眼をたぎらせている。

おずおずと由奈の両脚の間に指を伸ばしてくる。

いつもの儀式だ。

親指と人差し指で、輪ゴムをひろげるように女の割れ目をくつろげられた。

熱くたぎったオトコの眼には、由奈の処女膜が映っているはずだった。

処女膜は穴を完全に覆うものではなく、穴の縁に白いフリルのように付いているのだと、オトコに教わった。

由奈は自分の処女膜の形状になどまったく興味がなかったが、オトコは由奈を裸にするたびにうっとりとそれを眺める。

「……綺麗だ」

処女膜を確認したオトコは、武者震いをしながらつぶやいた。

熱い興奮が伝わってくる。

恍惚さえ生々しく届く。

6

オトコがブリーフを脱いで、大きいものを取りだした。

いつ見てもグロテスクだが、いつにも増して今日は恐ろしく見える。

みなぎりきった表面には太ミミズのような血管が浮きあがり、エラの張り出し方は凶器のようだ。

反り方もすごい。

鬼の形相《ぎょうそう》で膨張した先端が天を向き、野太い竿《さお》の部分が反り返っていまにもお臍にくっつきそうだ。

本当にこんなものが、体のなかに入ってくるのだろうか?

ハアハアと息をはずませている由奈に、オトコが身を寄せてきた。

由奈の全身は熱く火照《ほて》って、両脚の間は失禁したように分泌液を漏らしている。

間違いなく興奮している。

けれども、生まれて初めて裸にされたときのように、頭が真っ白になってわけがわからないという状態ではなく、どこか冷静だ。

そのぶん、こわい。

あの大きなもので貫かれると思うと、体の震えがとまらなくなる。

両脚の間に、オトコが腰をすべりこませてきた。

由奈は両手で顔を覆った。

見なければ少しは恐怖がまぎれるかもしれないと、きつく両眼をつぶってみたが、暗闇のなかで恐怖はどんどん増殖し、濡れた両脚の間にペニスを感じると、叫び声をあげたくなった。

歯を食いしばってこらえた。

やめて、と叫べばオトコはその通りにしてくれるだろう。

だが、貫かれるのを望んだのは由奈のほうだ。

いつかテレビで観たバンジージャンプを思い浮かべた。

外国の崖の上から落ちるやつで、なかでもいちばん怖いのは、椅子にくくりつけられて後ろ向きに落とされるやり方らしい。

きっとあれよりはこわくない、と自分に言い聞かせる。

でも、バンジージャンプは痛くない。

こわいけれど、痛くない。

痛くて泣いたら、オトコに悪い。

ああ、どうしよう。

「……入れるよ」

低くささやいたオトコの声に、由奈はうなずいた。

体が勝手にうなずいた感じだった。

そうなのだ。

体はもう、オトコを迎えいれる準備ができているのだ。

あとは心。

こわくない、こわくない、こわくない……。

痛くても我慢する、我慢する、我慢する……。

胸底で呪文のように唱えていると、体に力が入ってしまったのだろう。

リラックスをうながすように、オトコは由奈の両腕をやさしく撫でてくれた。

続いて、胸のふくらみから脇腹、ガーターベルトが巻かれた腰へと、手のひらがすべり落ちてくる。

触るか触らないかのフェザータッチに、背筋にぞくぞくと震えが這いあがっていく。

オトコが息を呑んだのがわかった。

由奈は顔から両手をおろし、眼を見開いた。

逃げちゃダメだ。

オトコの眼は熱く血走り、欲情にねっとり潤《うる》んでいた。

由奈の眼もいやらしいほど潤んでいることだろう。

視線をぶつけあい、からませあう。

なにか言いたいのに言葉が出てこない。

オトコが腰を前に送りだした。

カエルのようにひろげられた両脚の間が、カアッと熱く燃えあがった。

オトコが腰をよじると、激痛が脳天まで響いてくる。

……無理だ。

こんな大きいもの入るわけがない、と思った瞬間、めりっ、となにかが破ける感覚がして、体の内側にオトコがめりこんできた。

「ああっ、あああああーっ！」

悲鳴をこらえきれなくなり、由奈は両手を伸ばしてオトコにしがみついた。

オトコが抱きしめてくれる。

嬉しかったがこれでもう逃げられない。

痛みは予想の倍以上だった。

オトコが腰をよじる。

未踏の肉道をむりむりとえぐられ、痛みが倍々ゲームでふくれあがっていく。

「あひっ！　ひいいいいいっ……」

自分の口からあふれる悲鳴が、人間のものとは思えなかった。

自分から望んだロスト・ヴァージンだ。

見苦しく泣きわめいたりだけは絶対にすまいと思っていたのに、もはや充分に見苦しい姿を見せている。

だが、かまっていられない。

オトコの腕のなかでみっともないほどじたばたとあがく。

「……大丈夫？」

オトコの声にこくこくと顎を引く。

もちろんまったく大丈夫ではなく、股が裂けてしまいそうだった。

薄眼を開けると大粒の涙が盛大に頬を濡らした。

「き、気にしないでください……これは……これは、嬉し涙ですから……」

真っ赤に上気した顔をくしゃくしゃにして言った。

自分を褒めてやりたかった。

破瓜《はか》の痛みに耐えきれず泣いてしまった場合の台詞を、あらかじめ用意してあったのだ。

オトコが腰を使いだす。

由奈にはもう、オトコの体にしがみついていることしかできない。

両脚の間は炎に包まれたように熱く、痛み以外の感覚がなかった。

ぐちゃっ、ぐちゅっ、という無惨な音だけが、初めての性交を実感させてくれた。
あまり美しい実感ではなかったけれど、実感には変わりない。
女になった実感だ。
好きな人に抱かれている実感だ。
やっぱり……。
頬を盛大に濡らしている涙は、虚勢ではなく嬉し涙だ。
やがて異変が訪れた。
炎に包まれているようだった両脚の間に、感覚が戻ってきた。
肉と肉とがこすれあう感覚。
ぬるり、ぬるり。
痛みの向こうから、いやらしい気持ちよさが迫ってくる。
それをオトコに伝えると、オトコは雄々しく腰を振りたてて欲望のエキスを吐きだし、
由奈の体は釣りあげられたばかりの魚のように跳ねあがった。
すべてが終わった。
生活感のないホテルの部屋を静寂だけが支配した。
由奈は感極まってむせび泣いた。

お尻の下にあるはずの破瓜のしるしを確認することも、パンツを探すこともできなかった。

「ゆ、由奈……」

オトコが乱れた髪を直してくれ、顔をのぞきこんでくる。

視線が合った。

オトコはいままで見たことがないような、淋しそうな顔をしていた。

由奈は嗚咽《おえつ》をこらえて首をかしげた。

オトコはなにか言いたそうだったが、ただ唇を震わせ、潤んだ瞳で見つめてくるばかり。

いまにも泣きだしそうな彼の顔を見ているうちに、由奈は思わず微笑んでしまった。

そうだった。

最初に彼に惹かれた理由を思いだした。

喫茶店のカウンターの隅で、淋しそうに丸めていた背中を抱きしめたくなったからだ。

体の内側から歓喜があふれてきて、オトコを抱きしめた。

「由奈っ……由奈ああっ……」

オトコは由奈のあまり豊かではない乳房に顔を押しつけて泣いた。

いつまでも泣いていた。

由奈も一緒になって泣きたかったけれど、どういうわけかもう涙は出てこなかった。

菩薩のように安らかな笑みを浮かべて、泣きじゃくるオトコをいつまでもやさしく抱きしめていた。

〈初出一覧〉

路地の奥　藍川　京　『小説NON』二〇〇八年六月号
熟女サポート　館　淳一　『小説NON』二〇〇八年六月号
ロデオガール　白根　翼　『小説NON』二〇〇八年二月号
焔のように　安達　瑶　『小説NON』二〇〇七年二月号
女体とて一個の肉塊にすぎない　森　奈津子　『小説NON』二〇〇七年六月号
アフターファイブ　和泉　麻紀　書下ろし
妹離れ　橘　真児　『特選小説』二〇〇八年六月号
淫ら風薫る　睦月　影郎　『小説NON』二〇〇八年七月号
乙女、パンツを買いに——由奈の『摘めない果実』　草凪　優　書下ろし

XXX

一〇〇字書評

切り取り線

購買動機（新聞、雑誌名を記入するか、あるいは○をつけてください）

- □ （　　　　　　　　　　　　）の広告を見て
- □ （　　　　　　　　　　　　）の書評を見て
- □ 知人のすすめで
- □ タイトルに惹かれて
- □ カバーがよかったから
- □ 内容が面白そうだから
- □ 好きな作家だから
- □ 好きな分野の本だから

●本書で最も面白かった作品名をお書きください

●あなたのお好きな作家名をお書きください

●その他、ご要望がありましたらお書きください

住所	〒				
氏名		職業		年齢	
Eメール	※携帯には配信できません		新刊情報等のメール配信を希望する・しない		

あなたにお願い

この本の感想を、編集部までお寄せいただけたらありがたく存じます。今後の企画の参考にさせていただきます。Eメールでも結構です。

いただいた「一〇〇字書評」は、新聞・雑誌等に紹介させていただくことがあります。その場合はお礼として特製図書カードを差し上げます。

前ページの原稿用紙に書評をお書きの上、切り取り、左記までお送り下さい。宛先の住所は不要です。

なお、ご記入いただいたお名前、ご住所等は、書評紹介の事前了解、謝礼のお届けのためだけに利用し、そのほかの目的のために利用することはありません。またそのデータを六カ月を超えて保管することもありませんので、ご安心ください。

〒一〇一－八七〇一
祥伝社文庫編集長　加藤　淳
〇三（三二六五）二〇八〇
bunko@shodensha.co.jp

祥伝社文庫

上質のエンターテインメントを！　珠玉のエスプリを！

祥伝社文庫は創刊15周年を迎える2000年を機に、ここに新たな宣言をいたします。いつの世にも変わらない価値観、つまり「豊かな心」「深い知恵」「大きな楽しみ」に満ちた作品を厳選し、次代を拓く書下ろし作品を大胆に起用し、読者の皆様の心に響く文庫を目指します。どうぞご意見、ご希望を編集部までお寄せくださるよう、お願いいたします。

2000年１月１日　　祥伝社文庫編集部

XXX《トリプル・エックス》　官能アンソロジー

平成20年７月30日　初版第１刷発行
平成22年１月10日　　　第３刷発行

著者　藍川《あいかわ》 京《きよう》・館《たて》 淳一《じゆんいち》
白根《しらね》 翼《つばさ》・安達《あだち》 瑶《よう》
森奈津子《もりなつこ》・和泉麻紀《いずみまき》
橘《たちばな》 真児《しんじ》・睦月影郎《むつきかげろう》
草凪《くさなぎ》 優《ゆう》

発行者　竹内和芳
発行所　祥《しよう》 伝《でん》 社《しや》
東京都千代田区神田神保町3-6-5
九段尚学ビル　〒101-8701
☎ 03(3265)2081(販売部)
☎ 03(3265)2080(編集部)
☎ 03(3265)3622(業務部)

印刷所　図書印刷
製本所　図書印刷

ISBN978-4-396-33443-7　C0193
祥伝社のホームページ・http://www.shodensha.co.jp/

祥伝社文庫

南里征典ほか　秘本
南里征典・藍川京・丸茂ジュン・小川美那子・みなみまき・北原双治・夏樹永遠・睦月影郎

菊村　到ほか　秘本　禁色《きんじき》
菊村到・藍川京・北山悦史・中平野枝・安達瑶・長谷一樹・みなみまき・夏樹永遠・雨宮慶

北沢拓也ほか　秘本　陽炎《かげろう》
北沢拓也・藍川京・北山悦史・雨宮慶・睦月影郎・安達瑶・東山都・金久保茂樹・牧村僚

南里征典ほか　秘典
南里征典・雨宮慶・丸茂ジュン・藍川京・長谷一樹・牧村僚・北原双治・安達瑶・子母澤類・館淳一

北沢拓也ほか　秘戯《ひぎ》
館淳一・牧村僚・長谷一樹・北山悦史・北原双治・東山都・子母澤類・みなみまき・内藤みか・北沢拓也

神崎京介ほか　禁本
神崎京介・藍川京・雨宮慶・睦月影郎・田中雅美・牧村僚・北原童夢・安達瑶・林葉直子・赤松光夫

祥伝社文庫

藍川 京ほか　秘典 たわむれ

藍川京・牧村僚・雨宮慶・長谷一樹・子母澤類・北山悦史・みなみまき・北原双治・内藤みか・睦月影郎

牧村 僚ほか　秘戯 めまい

牧村僚・東山都・藍川京・雨宮慶・みなみまき・鳥居深雪・内藤みか・睦月影郎・子母澤類・館淳一

館 淳一ほか　禁本 ほてり

藍川京・牧村僚・館淳一・みなみまき・睦月影郎・内藤みか・子母澤類・北原双治・櫻木充・鳥居深雪

藍川 京ほか　秘本 あえぎ

藍川京・牧村僚・安達瑶・北山悦史・内藤みか・みなみまき・睦月影郎・豊平敦・森奈津子

藍川 京ほか　秘戯 うずき

藍川京・井出嬢治・雨宮慶・鳥居深雪・みなみまき・睦月影郎・森奈津子・長谷一樹・櫻木充

藍川 京ほか　秘めがたり

内藤みか・堂本烈・柊まゆみ・草凪優・雨宮慶・森奈津子・鳥居深雪・井出嬢治・藍川京